Kisses for my Life

Expose

Im Laufe unseres Lebens verarbeiten wir Erlebtes und Emotionen auf unterschiedliche Art und Weise. Unser Gehirn, vergleichbar mit einer riesigen Festplatte, vergisst nichts! Es sind oft nur Kleinigkeiten, die etwas Großes auslösen, und wir bekommen die Chance, uns weiterzuentwickeln. Meghan, von Beruf Mentalcoach und Mutter, gerät mächtig in die Bredouille, als ihr bewusst wird, dass sie ihr eigenes Ich vernachlässigt hat. Als ihr Eheleben dann noch ins Wanken gerät, scheint das Chaos perfekt.

MIA BROOKES

Kisses for my Life

Bibliografische Information der Deutschen Nationalbibliothek:
Die Deutsche Nationalbibliothek verzeichnet diese Publikation in der
Deutschen Nationalbibliografie; detaillierte bibliografische Daten sind
im Internet über dnb.d-nb.de abrufbar.

TWENTYSIX – der Self-Publishing-Verlag
Eine Kooperation zwischen der Verlagsgruppe Random House und
BoD – Books on Demand, Norderstedt
© 2020 Mia Brooks
Coverdesign, Satz, Herstellung und Verlag:
BoD – Books on Demand, Norderstedt

ISBN: 978-3-7407-6550-7

Liebe Leser und Leserinnen,
das Leben ist spannend und hält für uns so manches bereit. Doch oft sind es Erlebnisse, die uns keinen wohligen Schauer an Gefühlen bescheren. Ohne dass es uns bewusst ist, beginnen wir uns zu fürchten, und aus einem natürlichen Instinkt heraus verleugnen wir unsere eigene Wahrnehmung und damit uns selbst. Als Coach habe ich es täglich mit Menschen zu tun, die den ersten Schritt gewagt haben, aus dem Teufelskreis auszubrechen. Ich danke diesen Menschen für ihren Mut, die Hauptrolle in ihrem Leben zu spielen.

Für mich als Coach ist jedes Coaching, das ich gebe, immer wieder spannend und lehrreich. Ein Coach ist weder ein allwissendes Wesen und weiß Gott nicht perfekt. Wir sitzen also im gleichen Boot! Der einzige Unterschied ist, dass wir das Ruder in der Hand halten und den Weg kennen, damit wir Sie unbeschadet in ein Leben führen, in dem Sie die Hauptrolle spielen und sich getrost von der Nebenrolle verabschieden können.

Vielen Dank!
Ihre Mia

Kapitel 1

Meghan betrat wie jeden Morgen den liebevoll renovierten Anbau des alten Hauses, in dem sie vor einigen Jahren ihr Büro und ihre Praxis gestaltet hatte. Graue Wolken hingen am Himmel und passten damit hervorragend zu ihrer Stimmung. Auch wenn sie wusste, dass am heutigen Tag gähnende Leere in ihrem Terminkalender herrschte, begab sie sich trotzdem an den Ort, der ihr bis jetzt immer ein Gefühl der Erfüllung und Zufriedenheit verschafft hatte. Lange hatte sie für ihren Traum geschuftet und die letzten Jahre waren in diesem Business hart gewesen. Dennoch liebte sie ihren Job, den sie zugegeben erst wieder voll ausüben konnte, seit die Mädchen auf ihren eigenen Beinen standen. Trotzdem war heute etwas anders als sonst. Selbst Snoopy, die Hündin, unternahm nicht mal den Versuch, Meghan zu einem Spiel herauszufordern. Stirnrunzelnd sah Meghan sich um.

Ihr Blick blieb an dem Porträt hängen. Fast majestätisch wirkte das darauf abgebildete Pferd, das sie mit großen glänzenden Augen anzustarren schien. Sie spürte einen tiefen Stich in der Herzgegend. Er war ihr bester Freund gewesen und sie vermisste ihn sehr. Selbst nach so vielen Jahren schmerzte der Verlust des geliebten Pferdes schwer. Ihre Augen füllten sich mit Tränen und sie wandte den Blick schnell ab. Niemand würde jemals wieder diese Lücke füllen können. Er war es, der ihr die

Freude wieder zurückgegeben hatte und sie gleichzeitig inspiriert hatte, selbst Tools für ihre Arbeit als Mentalcoach zu entwickeln. Da passierte es wie aus dem Nichts! Ohne Ankündigung stand Meghan plötzlich all dem gegenüber, das sie über die Jahre erfolgreich verdrängt hatte – sich selbst!

Wer war die Frau, die zwei Mädchen großgezogen hatte und sich beruflich mit den Goliaths dieser Welt anlegte, um für ihre Klienten immer das Beste zu erreichen?

Gedankenverloren öffnete sie die rechte Schublade ihres Schreibtisches. Zum Vorschein kam ein Blatt, ihre To-do-Liste. Kein einziger Punkt war abgestrichen! Es hatte sich nie wirklich ein Zeitpunkt ergeben, um eines der formulierten Ziele abzuhaken. Das Wohlergehen der Mädchen stand für die schlanke Blondine immer im Vordergrund, gefolgt von ihrem Job. Für Meghan war es nie ein Thema gewesen, ihren Job komplett an den Nagel zu hängen, und so hatte der tägliche Spagat zwischen Privatleben und Beruf längst eine fixe Rolle in ihrem Alltag eingenommen.

Während in den Träumen der Mädchen die Playmobilpferde durch die Prärie galoppierten, saß sie an ihrem Schreibtisch, bemüht, mit ihren Kollegen Schritt zu halten, deren Arbeitszeiten sich deutlich von den ihren unterschieden.

Vor ihrem geistigen Auge ploppte das Bild eines Mannes auf – Scott Mc Allister! Sie hatte ihn das erste Mal auf einem Seminar getroffen. Er war der typische Macho! Mit seinen dunklen Haaren und den blauen Augen lagen ihm die Frauen zu Füßen, und das wusste er. Dementsprechend arrogant und selbstgefällig behandelte er sein Umfeld.

Normalerweise ließen Meghan solche Menschen kalt, doch in seinem Fall verhielt es sich anders. Hauptberuflich Arzt, verfügte er über gute Kontakte, die ihm als Coach betuchte Klienten bescherten. Moralisch interessierte es ihn nicht die Bohne, wie es den Klienten ging. Meghan spürte, wie ihr Wutbarometer stieg. Sie hasste ihn für seine Oberflächlichkeit und erkannte in diesem Moment, dass sie eifersüchtig war. Wie weit konnte sie sinken? Trotzdem traf sie ihn auf jedem Seminar wieder – Eifersucht hin oder her. Sie atmete tief durch. Es gab viele Scotts in ihrer Branche.

Schlecht ausgebildet brachten sie den Berufsstand in den Verruf und trampelten auf den Seelen ihrer Klienten herum. Dieser Umstand war es auch, der den Alltag eines Coaches oft zu einem Seilakt werden ließ.

Entschlossen schob sie ihr Kinn etwas nach vorn. Wenn sie ihn das nächste Mal traf, würde sie ihm genau diese Worte ins Gesicht schleudern. Danach würde er sie nie wieder so anzüglich mustern und im Idealfall ignorieren. Die Vorstellung beruhigte sie ungemein. Gedankenverloren blätterte sie in ihrem Filofax. Das nächste Seminar wäre schon in sechs Wochen und würde drei Tage dauern.

Jessie und Isabelle führten zwar mittlerweile ihr Leben außerhalb der Wilson Road, und Meghans Dasein als Mutter beschränkte sich darauf, telefonisch ihre Händchen zu halten. Doch gab es noch die Hündin Snoopy. Sie war kein leichter Fall und hatte schon eine Reihe von Hundesittern in die Flucht geschlagen. Lediglich den Mädchen und Luis und Meghan schien sie zu vertrauen. Da die Mädchen einige hundert Kilometer weit weg wohnten und Luis mehr in der Firma lebte als in der Wilson Road, blieb die Rolle des Babysitters konsequent an Meghan hängen. Das letzte Seminar lag schon über ein Jahr zurück und neuer Input würde ihr guttun. Seufz! Wie sehr sie dieses Leben vermisste! Mit etwas Glück würde sie nicht mal diesen arroganten Scott treffen. Die Idee gefiel ihr von Minute zu Minute mehr, umso länger sie darüber nachdachte. Wie würde Luis reagieren? Ihre Gedanken wanderten zu dem großen schlanken Mann, mit dem sie schon eine gefühlte Ewigkeit zusammen war. Er liebte diesen Job so wie Meghan ihren, und keiner von beiden stand dem anderen bisher im Weg, wenn es darum ging, sich weiterzuentwickeln.

Trotzdem hatte sich im Laufe ihrer Beziehung etwas verändert. Still und leise hatte sich der Alltag und eine gewisse Selbstverständlichkeit eingeschlichen. Die Flexibilität, mit der Luis und Meghan es bisher geschafft hatten, jede Krise zu meistern, löste sich zunehmend in Luft auf. Sie ahnte, dass dieses Seminar vielleicht ohne sie stattfinden würde.

Snoopy fing an, aufgeregt zu bellen, und zeigte einmal mehr ihre Qualitäten als Wachhund. Meghan schob die schwere Holztür auf. Die Hündin galoppierte hinter ihr her, um den vermeintlichen Eindringling zu stellen. Schwanzwedelnd lief sie die Diele entlang in Richtung Haustür, die sich in dem Moment öffnete. Es war Luis!

Seine Gesichtszüge wirkten angespannt, während er die Hündin eingehend begrüßte. Ihre Blicke trafen sich kurz und ein Lächeln huschte über ihre Lippen. Wie sehr sie diesen Mann liebte! Luis stellte die prallgefüllte Aktentasche ab. Meghan musterte ihn liebevoll. Trotz seiner Müdigkeit, die offensichtlich war, sah er immer noch hervorragend aus. Der Dreitagebart unterstrich seine Männlichkeit. Die dunkelblonden Haare trug er seit einiger Zeit kurz. Obwohl ein leichter Bauchansatz nicht mehr zu übersehen war, tat das seinem unverschämt guten Aussehen keinen Abbruch.

Meghan wandte sich schnell ab und ging in die Küche, um ihm seinen Kaffee zuzubereiten. Sie sorgte sich um Luis! Die letzten Wochen mussten hart für ihn gewesen sein und in ihren Augen arbeitete er zu viel. Auf einem Tablett balancierte sie zwei Tassen, gefüllt mit Kaffee, auf die Veranda. Luis saß bereits auf einem der bequemen Schaukelstühle aus Holz. Sie stellte das Tablett in die Mitte des kleinen Tisches, der zwischen den Stühlen stand, und drückte ihm seine Tasse in die Hand.

Gedankenversunken nahm ihr der 189 Zentimeter große Mann die Tasse aus der Hand. Typisch! Es machte keinen Unterschied, ob er hier war oder in der Firma. Er schien sie nicht wahrzunehmen, und wie aus dem Nichts spürte sie ein Gefühl der Einsamkeit in sich aufsteigen. Selbst der übliche Schmatz auf die Wange war heute ausgeblieben. Etwas gekränkt nahm Meghan ihre Tasse und kuschelte sich auf den anderen Schaukelstuhl. Jedoch vermied sie es, ein Gespräch anzufangen. Aus Erfahrung wusste sie, dass dieses in einem Monolog enden würde.

Traurig starrte sie auf die Grünfläche, die die Veranda von der Straße trennte. Es war nicht zu übersehen, dass die vielen Dienstreisen ihrer Beziehung zugesetzt hatten und das Fundament ihrer Ehe zu bröckeln begann. Wieder wanderten ihre Gedanken zu dem Seminar, das sie gern besuchen würde. War jetzt ein guter Zeitpunkt, den beruflichen Ausflug anzusprechen? Gab es überhaupt so einen Zeitpunkt? Doch bevor Meghan ein Wort hervorbrachte, fing Luis wie aus dem Nichts zu sprechen an. Er erzählte von einem neuen Projekt, das seine Abteilung an Land gezogen habe. Seine Augen bekamen diesen verräterischen Glanz, während er sprach.

In Meghan schrillten sofort die Alarmglocken. Sie kannte diesen Glanz nur zu genau. Keine Minute später wurde ihr Gefühl bestätigt. Gewaltsam, wie so oft, verbiss sie sich die aufsteigenden Tränen. Der Coach in ihr gewann die Oberhand. Still lauschte sie seinen Erzählungen und spürte die Begeisterung darüber, dass er das Team leiten sollte, das ausgewählt worden war. Vorsichtig erkundigte sich Meghan nach dem Projektort und fühlte einen Bruchteil an Sekunden später nichts als Leere. China! Wow! Hatte sie sich eventuell verhört? Doch die Hoffnung starb so schnell, wie sie gekommen war. Es handelte sich tatsächlich um China, und schlagartig wurde ihr bewusst, wie weit sie dann voneinander entfernt wären.

Der Coach in ihr hatte alle Hände voll zu tun. Sie spürte, dass Luis sie aufmerksam anstarrte. Was erwartete er jetzt von ihr? Um sich vor einer Antwort zu drücken, berichtete sie von ihrem anstehenden Seminar und bemerkte sofort, wie sich sein Gesichtsausdruck veränderte. Minuten später befanden sie sich in einer Diskussion darüber, wessen Karriere in diesem Fall Vorrang hatte. Wie schrecklich! Aus welchem Grund nahm Luis sich das Recht, sein Berufsleben in den Vordergrund zu stellen und ihres zu behandeln, als wäre es nicht vorhanden. Sie hasste Streit und deshalb trat sie, wie so oft in den letzten Jahren, den Rückzug an.

Ihr Herz pochte vor Aufregung über Luis' Vorschlag, Snoopy in eine Pension zu geben, wenn sie an diesem Seminar teilnehmen wollte. Jedoch quälte sie mehr die Tatsache und der Schmerz darüber, dass seine Teilnahme an diesem Projekt für ihn beschlossene Sache war. Meghan zweifelte daran, dass ihre Beziehung eine weitere Trennung verkraften würde. Luis hingegen schien damit keine Schwierigkeiten zu haben. Für ihn zählte nur das Projekt!

Mit zitternden Händen drückte sie erneut die Taste des Vollautomaten. Mit ihrer Tasse verzog sie sich in ihr Büro, um sich zu beruhigen. Es kam selten vor, dass ihr Ich zum Vorschein kam. Über die Jahre hatte der Coach in ihr die Kontrolle übernommen und das eigene Ich verdrängt. Erst durch diesen Streit mit Luis verstand Meghan, wie sehr sie unter seiner permanenten Abwesenheit litt, und dennoch wollte sie ihm diese Möglichkeit nicht verwehren.

Die Auseinandersetzung mit Luis hatte ihr verdeutlicht, dass ihr eigenes Ich mehr einer ausrangierten Lok glich und sie schleunigst daran etwas ändern sollte.

In den nächsten Tagen sprach keiner von beiden über dieses Thema. Wie das Schwert des Damokles schwebte die bevorstehende Abreise über ihnen. Meghans Hoffnung schwand, als sie den unterschriebenen Vertrag auf seinem Schreibtisch entdeckte. Diese Endgültigkeit erschlug sie förmlich und erneut brauchte sie ihre eigenen Fähigkeiten als Coach für sich selbst, um mit der Wut und gleichzeitig der Angst vor dem Bevorstehenden zurechtzukommen. Wie konnte er nur!

Drei Tage später war es so weit. Luis gab ihr noch einen Kuss und verließ das Haus. Sein Gepäck gab Aufschluss darüber, dass sie sich nun eine sehr lange Zeit nicht sehen würden.

Als die Tür in das alte Schloss fiel, war das der Startschuss für Meghans Gefühle. Alle Emotionen fielen von ihr ab und sie weinte bittere Tränen der Enttäuschung. Doch der Coach ließ sie nicht im Stich und sie fasste sich relativ schnell.

Einige Zeit später verließ sie mit Snoopy das Haus. Selten hatte ein Erlebnis sie so aufgewühlt wie der Streit mit Luis und dessen Abreise.

Mit schnellen Schritten lief sie die Wilson Road entlang. Erst der vorwurfsvolle Blick von Snoopy veranlasste sie, ihr Tempo zu drosseln. Es gab wahrlich keinen Grund, warum sie sich hätte beeilen müssen. Er war fort! Nur Snoopy teilte mit ihr das riesige Haus und der nächste Klient stand erst in zwei Stunden vor der Tür. Also hatte sie genügend Zeit.

Kurz entschlossen bog sie nach links in den Waldweg ab. Sie löste die Leine vom Halsband ihrer Hündin, die dankbar Sdavonstürmte. Währenddessen arbeitete der Coach in ihr längst auf Hochtouren.

Es gab keinen Grund, warum Luis sich auf so ein Projekt einließ. Finanziell waren sie abgesichert, und selbst er, der sich nach wie vor in der Rolle des Versorgers sah, hätte entspannt ablehnen können. Was steckte hinter der ungewohnten Hartnäckigkeit, mit der er ihre Einwände ignoriert hatte? Schlagartig erkannte sie, dass sie ihre Bedenken mit keiner Silbe kommuniziert hatte. Die Angst, die vermeintliche Harmonie zwischen ihnen zu stören, führte immer wieder dazu, dass sie ihre Gefühle für sich behielt. Ein Problem, das sie bis heute nicht lösen konnte. Zu tief saß der Schmerz aus der Kindheit!

Doch sie war der Coach, und der erste Weg war, sich ihm zu öffnen. Entschlossen machte sie auf dem Absatz kehrt und stieß einen Pfiff aus. Es dauerte nicht lange und Snoopy schoss wie ein Blitz von hinten heran, um sich neben ihr einzubremsen. Dabei wirbelte sie Staub vom Boden auf, der seine Spuren in der Form von braunen Flecken auf Meghans weißer Hose hinterließ.

Die Leine befestigte sie schnell am Halsband der Hündin, bevor diese es sich wieder anders überlegen konnte, und joggte mit ihr nach Hause.

Verschwitzt stürmte sie, zuhause angekommen, in die Küche. Sie checkte die Nachrichten und spürte einen kleinen Stich in ihrem Herzen. Unbewusst hatte sie gehofft, Luis hätte ihr eine WhatsApp geschickt. Mit zitternden Fingern wählte sie seine Nummer. Die Mailbox war das Einzige, mit dem sie sprechen konnte. Doch war das, was sie ihm zu sagen hatte, ein Thema für eine Mailbox?

Sicher befand er sich schon am Airport und würde sich melden, sobald er gelandet war. Während sie innerlich seinen Anruf herbeisehnte, duschte sie und bereitete sich auf ihren nächsten Termin vor. Nervös trommelte sie mit den Fingern auf ihrem Tisch im Takt der Musik, die im Radio gespielt wurde. Die Minuten zogen sich wie

Kaugummi. Dann hörte sie Schritte und ein Hüsteln. Ah! Ihr Termin war da.

Das Coaching dauerte deutlich länger als geplant. Meghan schielte auf die Uhr. In der Regel dauerte eine Sitzung nicht länger als 90 Minuten. Diese hatte bereits die 120-Minuten-Marke geknackt. Es wurde Zeit!

Luis hatte schon recht, wenn er daran zweifelte, dass sie in ihrem Business finanziell Fortschritte machte. Es war nicht wirklich ergiebig für ihre Finanzen, wenn Sitzungen, die länger dauerten, zum gleichen Stundensatz abgerechnet wurden. Sie musste sich in Zukunft in dieser Hinsicht wohl ein bisschen mehr das Verhalten von Scott Ryder aneignen. Im Business war dieser arrogante Schnösel auf Zack.

Sie schloss die Tür hinter Mrs Richmont. Das Coaching war anstrengend gewesen, aber sie hatten weitere Erkenntnisse gewonnen und Mrs. Richmont war jetzt bereit für den nächsten Schritt. Diese Erkenntnis löste eine innere Zufriedenheit in Meghan aus, gepaart mit Enthusiasmus und einem schon fast unheimlichen Glücksgefühl.

Meghan liebte ihre Arbeit von Herzen und die Fähigkeit, Menschen helfen zu können. Zufrieden verließ sie den Anbau und kuschelte sich mit einer Tasse frischen Kaffee auf das gemütliche Sofa. Wie gern würde sie dieses Seminar besuchen! Das Handy lag neben ihr und blinkte aufgeregt. War das Luis? Enttäuscht las sie die Nachricht von Sue. Die Freundin fragte nach, ob alles in Ordnung sei, da sie vor einiger Zeit bei ihr an der Tür geklopft habe und es habe niemand geöffnet.

Stimmt! Sie hatte das Klopfen ignoriert, aber nur aus dem Grund, dass sie Sue zwar lieb gewonnen hatte, jetzt jedoch nicht in der Stimmung war, der quirligen Frau ihr Herz auszuschütten.

Nebenbei war Sue eine Klatschtante. Man tat gut daran, immer genau abwägen, welche Neuigkeiten man ihr erzählte. Jeder wusste, dass ihre Neugier und die Unfähigkeit, etwas für sich zu behalten, nicht böse gemeint war. Es war eben eine Tatsache: Wenn Sue Peterson etwas wusste, dann war es wie eine Sucht von ihr, jeden daran teilhaben zulassen. Der Vorteil war, dass sie alles wusste, was in dieser Kleinstadt los war. Der Geheimdienst hätte seine Freude an ihr gehabt!

Auch wenn Meghan wusste, was es bedeutete, Sue zu ignorieren, tat sie es trotzdem. Außerdem wartete sie noch immer darauf, dass Luis sich meldete. Deshalb goss sie sich eine weitere Tasse Kaffee ein. Oh Gott! Saß sie wirklich auf dem Sofa und wartete sehnsüchtig auf eine Nachricht von ihm?

Wo war die Frau geblieben, die immer auf ihren eigenen Beinen gestanden hatte und bei der kein Mann es je geschafft hatte, aus ihr eines dieser Hausmütterchen zu machen, die ihre Zeit damit zubrachten, stundenlang auf ein Lebenszeichen ihrer besseren Hälfte zu hoffen.

Entschlossen stand sie auf. Niemals! Sie würde nicht warten! Er war gegangen, ohne den Versuch zu starten, die Situation zu klären. Bewaffnet mit ihrer Tasse betrat sie den Anbau. Da sie auf eine Assistentin verzichtete, blieb sämtlicher Schreibkram an ihr selbst hängen.

Meghan klappte den Laptop zu, räumte die Tafel weg und kehrte zum Schluss den Boden. Danach löschte sie das Licht und schloss die Tür mittels Code ab. Draußen war es bereits dunkel, sie würde mit Snoopy nur noch eine kleine Runde drehen und sich dann dem abendlichen Fernsehprogramm widmen. Ihre Lust, irgendeine Serie zu gucken, hielt sich in Grenzen. Doch was war die Alternative? Mit Sue quatschen. Luis anrufen – niemals!

Kapitel 2

Verschlafen richtete sich Meghan auf dem Sofa vor dem Kamin auf. Snoopy starrte sie mit ihren klugen bernsteinfarbenen Augen auffordernd an. Also stapfte sie in die Küche, um den Hund zu füttern.

Die Nacht auf dem Sofa hatte seine Spuren hinterlassen. Während die Hündin ihr Futter hinunterschlang, streckte sich Meghan in der Hoffnung, dass sich die Verspannung im Rücken von allein lösen würde.

Während die Kaffeemaschine ihren Dienst verrichtete, scrollte sie durch unzählige Nachrichten. Allein drei Nachrichten davon stammten von Sue. Luis hüllte sich noch immer in Schweigen. Stattdessen informierte sie der Seminarleiter, dass nur noch wenige Plätze frei waren und sie sich in den nächsten Tagen entscheiden müsse, um sich einen Platz zu sichern.

Stimmt! Oh Gott! Wie konnte sie ein Seminar besuchen, dass anstatt der vorgesehenen drei Tage nun vier Tage dauern sollte, obwohl sie noch immer keinen Babysitter für Snoopy hatte – weder für drei Tage, geschweige für vier Tage. Zorn stieg in Meghan hoch, als sie an den Vorschlag von Luis dachte.

Eine weitere Nachricht stammte von Mrs. Dobson, die sich für ihr Coaching bedankte. Die letzte Nachricht war eine Anfrage wegen eines Termins von einem Kunden, der sie immer zu Rate zog, wenn er nicht im Ausland verweilte. Ihr Finanzberater fragte nach, ob Luis den Termin am morgigen Tag wahrnehmen würde. Welchen Termin? Sie wusste nichts davon, doch das musste er ja nicht wissen. Also antwortete sie ihm, dass sie Luis daran erinnern würde. Sicher hatte Luis wie so oft den Termin vergessen und sie hatte endlich einen triftigen Grund, mit ihm zu telefonieren. Wieso meldete er sich nicht? War ihm etwas zugestoßen?

Sie wählte die Nummer von Luis. Vielleicht würde sich alles zum Guten wenden. Sein unterkühlter Ton schmerzte Meghan tief. Doch sie hielt tapfer durch. Das Gespräch dauerte nicht lange und anstatt ihn an seine Verpflichtungen zu erinnern, hätte sie sich lieber ihren Kummer von der Seele geredet. Da fiel ihr Blick auf den Kalender, der an der Wand hing. Ein Tag war mit einem roten Ausrufezeichen markiert. Es war ihr Geburtstag und sie fühlte eine innere Vorfreude. Die Mädchen würden an diesem Tag hier sein und Luis sicher auch. Doch plötzlich fühlte sie sich nicht mehr so sicher. Schnell schob sie die wirren Gedanken beiseite. Das würde er ihr nicht antun! In den vergangenen Jahren hatte er ihren Geburtstag nie vergessen und war immer hier gewesen. Selbst als sie einen Klienten in London betreute, hatte er kurzerhand die Mädchen eingepackt und sie hatten gemeinsam im Hotel ihren Geburtstag gefeiert. Sie seufzte!

Gegen siebzehn Uhr schloss sie die Praxistür. Ihre innere Anspannung wegen Luis nagte sichtlich an ihrer Substanz und es fiel ihr schwerer als sonst, diese Gefühle zu ignorieren und zu überspielen. Meghan ließ sich in einen Stuhl auf der Veranda plumpsen und schloss die Augen. Das Seminar, die momentane Situation mit Luis und ihr Job forderten alles von ihr.

Ehe sie sich's versah, war sie eingeschlafen und schreckte erst hoch, als Snoopy zu knurren begann. Sue hatte versucht, sich an Meghan heranzuschleichen, obwohl sie eigentlich hätte wissen müssen, dass dies mit einem Hund nicht möglich war. Trotzdem versuchte sie es immer wieder und war total enttäuscht, wenn Snoopy sie schon entdeckte, noch bevor sie die Veranda betreten konnte, geschweige denn die Türklinke berühren konnte. Ja, mit Snoopy konnte Meghan sich wirklich sicher fühlen.

Sue hatte wieder einiges zu erzählen. Ohne Punkt und Komma erzählte sie ihr den neuesten Klatsch, erkundigte sich so nebenbei nach Luis und gab sich erstaunlich schnell mit dem Wenigen zufrieden, was Meghan preisgab.

Snoopy stieß die Verandatür auf und brachte Meghan ihren Ball. Diese Geste bedeutete in ihrer Sprache, dass es Zeit war für einen Spaziergang, damit sie sich erleichtern konnte. Sue wollte sich dem Vorhaben nicht anschließen, obwohl ein Spaziergang ihr sicher gutgetan hätte. Doch Meghan kannte den wahren Grund.

Snoopy war ihr nicht geheuer und sie hatte ihr bis heute nicht verziehen, dass an dem einzigen Tag, an dem Sue die Hündin betreuen hätte sollen, Joe ihr helfen musste, Snoopy wieder einzufangen. Die Nachbarschaft sprach noch wochenlang darüber und Sues Qualitäten als Hundesitter lagen seither bei null – und das ganz offiziell.

Deswegen hatte Meghan keine Sekunde daran gedacht, sie zu fragen, ob Snoopy bei ihr bleiben konnte. Eine Stunde später schrieb sie mit den Mädchen über WhatsApp, während die Hündin genüsslich ihren stinkenden Hundeknochen aus dem Garten bearbeitete. Hatten Hunde denn gar keinen Geschmack! Ihre Vorahnung, dass keines der Mädchen Zeit hatte, sich um das geliebte Fellknäuel zu kümmern, hatte sich bestätigt.

Meghan betrachtete die Hündin liebevoll, deren Aufmerksamkeit nur ihrem Knochen galt. Vielleicht wäre jetzt der richtige Moment für einen neuen Hundesitter. Zugegeben, bis jetzt hatte Snoopy jeden mit Erfolg in die Flucht geschlagen, aber sie könnte es über eine andere Agentur versuchen, die ihr empfohlen worden war. Schmerzhaft zog sich ihr Herz zusammen, wenn sie daran dachte, die Hündin einem Fremden zu überlassen. Trotzdem nahm sie sich fest vor, wenigstens einen Versuch zu starten.

Nach einer schlaflosen Nacht wählte sie die Nummer des Hundesitterdienstes und musste feststellen, dass ihre Träume, in denen Menschen gemeine Dinge mit ihrem

Hund anstellten, unbegründet waren. Die Agentur war ausgebucht für die nächsten zwei Monate.

Ein Stein, so groß wie ein Felsblock, purzelte von ihrem Herzen! Doch die Erleichterung wich und aufsteigende Panik machte sich in ihr breit. Die Tage vergingen und das Seminar, an dem sie unbedingt teilnehmen wollte, rückte näher.

Die Klingel an der Tür riss sie aus ihren Gedanken. Ups! Ein Blick auf ihre Uhr verriet, dass bereits der erste Klient für den heutigen Tag da war. Meghan holte tief Luft, verwandelte sich in den Coach und öffnete die Tür.

Erst am frühen Nachmittag verließ sie die Praxis wieder. An solchen Tagen feierte sich die berufstätige Mutter selbst für die Entscheidung, ihre Geschäftsräume in den Anbau verlegt zu haben. Während sie arbeitete, konnte die Hündin zuhause bleiben und Meghan musste kein Malheur befürchten, da die Tür zum Garten, der mehr einem Park ähnelte, immer offen stand. Dahinter lag noch ein Grundstück mit einem desolaten Gebäude darauf, das weder bewohnt war, noch schien es einen Besitzer zu geben. Luis und sie hatten zwischendurch die Idee geboren, den Grund noch zu erwerben, doch niemand wusste, wem es gehörte, und mit den Jahren geriet die Idee in Vergessenheit.

Der KlingeltonQ ihres Handys riss sie aus ihren Gedanken. Luis schrieb ihr, dass es ihm gut gehe und er sie vermisse. Bei diesen Worten führte ihr Herz Luftsprünge auf, und sehnsüchtig dachte sie an den großen Mann, den sie auch nach so langer Zeit so sehr liebte.

War ihre Liebe zueinander doch stärker, als sie angenommen hatte? Wie sehr sie ihn vermisste! Doch bald würde sie ihn in die Arme schließen können. Nur noch wenige TAGE! Meghan rechnete fest damit, dass Luis an ihrem Geburtstag hier sein würde. Die Mädchen hatten schon zugesagt und somit stand ein perfekter Geburtstag vor der Tür. Sie ahnte nicht, dass alles anders kommen würde und sich ihr Leben dadurch entscheidend verändern würde.

Sie befand sich mit Snoopy bereits auf dem Rückweg, als ihr Handy abermals klingelte. Jedoch ignorierte sie das Geräusch in ihrer linken Gesäßtasche und genoss die letzten Meter zu ihrem Haus. Die Spaziergänge waren für sie zu einem wichtigen Ritual geworden und keine Last, wie sie es so oft von anderen Hundebesitzern hörte.

Zufrieden goss sie sich eine Tasse Kaffee ein und setzte sich in den Schaukelstuhl auf der Veranda. Snoopy lag inzwischen unter der großen Akazie im Garten und döste vor sich hin.

Auf leisen Sohlen kam das Alter auch bei ihr an. Zunehmend zeigte die Hündin deutliche Anzeichen, dass die jungen Jahre hinter ihr lagen. Zwischen ihrem braunen Fell hatten sich weiße Härchen gebildet und sie benötigte mittlerweile längere Ruhephasen. Ein weiterer Grund, weshalb Meghan die Hündin nicht mehr unnötigem Stress aussetzen wollte. Trotzdem musste sie eine Lösung finden. Seltsamerweise wollte sie dieses Mal keinen Rückzieher machen und war selbst überrascht, dass sie es nicht in Erwägung zog, auf das Seminar zu verzichten.

In diesem Moment fiel ihr ein, dass sie die Nachricht, die sie zuvor ignoriert hatte, noch nicht gelesen hatte. Schnell zog sie ihr Handy aus der Tasche und studierte ihre Nachrichten.

Entnervt verzog sie das Gesicht. Das konnte doch nicht wahr sein! Erwartet hatte sie, dass das Seminar wieder in einem dieser schicken Hotels stattfinden würde, doch jetzt erfuhr sie, dass aus irgend einem Anlass heraus, der den Teilnehmern nicht verraten wurde, das Seminar in ein Gestüt außerhalb von Boston verlegt wurde. Rene versicherte allen, dass sie begeistert sein würden, und versetzte Meghan einen indirekten Seitenhieb, als er darauf hinwies, dass noch nicht alle ihre Teilnahme bestätigt hätten. Sie war wild entschlossen, an diesem Seminar teilzunehmen. Wieso hatte sie noch nicht bestätigt?

Kapitel 3

Ohne Rücksicht auf ihr kleines Problem lief die Zeit gegen sie. Den Vorschlag von Sue, Snoopy mitzunehmen, beanspruchte sämtliche Gehirnzellen. Selbst Luis war beim letzten Telefonat aufgefallen, dass sie abwesend wirkte. Natürlich war sie abwesend! Es blieb ihr nicht mehr viel Zeit, und eine Lösung war weit und breit nicht in Sicht und trübte ihre Vorfreude auf den anstehenden Geburtstag. Gern hätte sie dem gedanklichen Desaster ein Ende bereitet. Es musste eine Lösung geben. Der Coach in ihr arbeitete erneut auf Hochtouren. Bald könnte sie sich als Klient in ihrer eigenen Praxis melden und würde in wenigen Wochen steinreich sein.

Es dämmerte bereits, als Meghan mit entschlossener Miene und zittrigen Händen die Teilnahme bestätigte. Ungläubig und doch etwas stolz auf sich selbst grinste sie, als Rene die Bestätigung und drei Daumen hoch sendete.

Geistig sah sie den Coach in ihr, wie er stolz ihre Schulter tätschelte. Nur Meghans Ich bescheinigte ihr den Wahnsinn, der in sie gefahren sein musste. Snoopy war eine äußerst liebenswerte Hündin, doch ihre Alltagstauglichkeit in fremder Umgebung war eine Herausforderung. Die Arbeit mit einem renommierten Hundetrainer hatte in der Vergangenheit nichts gebracht außer eine unverschämt hohe Rechnung. Jedoch hatte sie jetzt keine Wahl mehr. Sie hatte sich entschieden!

Im schlimmsten Fall warf man sie aus dem Seminar und ihr Ruf als Coach würde leiden. Dann hätte sie aber endlich Zeit, das Buch zu schreiben, das schon seit Längerem in ihrem Kopf herumspukte. Das Zusammenleben mit Snoopy lieferte Stoff für einige Bücher.

Vor ihr ploppte ein Bild auf, wie Sue von ihrer »Fellnase« durch die Wilson Road gezogen wurde. Ein Rasensprenger hatte gereicht und schon war das zarte Band einer beginnenden Freundschaft zerrissen.

Sue hatte ihr das bis heute nicht verziehen. Wochenlang war sie die Sensation in der Nachbarschaft. Der Vorteil war, dass sie nun jeden Vorgarten in der Wilson Road kannte. Meghan entfuhr ein Lachen. Es hatte auch zu komisch ausgesehen! Diese und viele andere Geschichten gaben Meghan nur eine Ahnung davon, auf was sie sich eingelassen hatte.

Die Zeit bis zu ihrem Geburtstag verging wie im Flug. Doch jetzt war alles bereit. Das Haus hatte sie besonders gründlich geputzt und die Zimmer für die Mädchen hergerichtet. Eigentlich war das Haus viel zu groß, seitdem Jessie und Amelie ausgezogen waren, doch die beiden brachten es nicht übers Herz, diesen Ort, der ihre Geschichte hütete, aufzugeben. Im Garten hätte man locker Pferde halten können, so weitläufig, wie dieser war. Nur dank des Gärtners, den Luis beauftragt hatte, sah das Grundstück recht ordentlich aus. Aber ihre Familie kam ja nicht, um den Garten zu bewundern.

Gut gelaunt freute sich Meghan auf die nächsten zwei Tage. Weggeblasen war der Stress von den arbeitsreichen Tagen, die hinter ihr lagen. Eigentlich war feiern nicht ihr Ding, jedoch war es eine gute Gelegenheit, ihre Mädchen an sich zu drücken.

Sie hörte, wie ihr Handy auf dem Küchentisch vibrierte. Meghan beeilte sich, um den Anruf nicht zu verpassen. Doch es war nur eine Nachricht von Luis. Während sie las, sah man, wie ihr die Farbe aus dem Gesicht wich.

Er würde nicht kommen! Ihr Herz raste und ein tiefer Schmerz durchfuhr sie. Wie konnte er ihr das antun! Nie hatte Luis einen Geburtstag von ihr verpasst. Dieses Verhalten passte nicht zu ihm und Meghan starrte ratlos und traurig vor sich hin. Wie benommen schnappte sie sich die Leine und Snoopy und ging nach draußen.

Das Handy blieb in der Küche liegen. Sie wollte jetzt mit niemandem sprechen und vor allem wollte sie nicht hören, wie die Mädchen sein Verhalten verteidigten. Gern hätte sie ihm gehörig die Meinung gesagt, doch er hatte es vorgezogen, feige eine Nachricht zu schicken. Sie spürte, wie ihre Welt nicht nur bröckelte. Es war, als würde die Erde verschluckt werden und alles, was übrig blieb, war ein Nichts im Universum. Wie in Trance drehte sie mit Snoopy die Runde. Sie fand es schon seltsam, dass er, seit das Projekt begonnen hatte, sich zwar meldete, dennoch hatte sie immer eine gewisse Distanziertheit gespürt. Als Ursache hatte sie die Arbeit vermutet. Hatte sie sich geirrt? Keinesfalls wollte sie eine der Frauen sein, die ihre Männer mit Eifersucht in den Wahnsinn trieben. Jetzt kam jedoch der Moment, der ihre Alarmglocken aufheulen ließ. Trotzdem hatte sie ihren Stolz!

Statt des schillernden Familienfestes erinnerte die Feier an ein schlechtes Stück aus einer Comedysendung. Die Mädchen taten ihr Bestes.Dennoch fehlte eine Person und diese Lücke vermochte keiner zu schließen. Als Coach hatte sie gelernt, Persönliches zu verbergen, und so spielte sie an diesem Tag die Rolle ihres Lebens. Antriebslos und traurig kuschelte sich Meghan, nachdem sie die Mädchen verabschiedet hatte, in den Schaukelstuhl auf der Veranda, und ehe sie es sich versah, rollten die Tränen wie von allein. Was war mit ihm los? Wer war der Mann, den sie so sehr liebte? Nichts an seinem Verhalten in den letzten Tagen hatte etwas gemein mit ihrem Luis.

Die Glückwünsche, die sie per »Whats up« erreichten schien sie noch mehr zu quälen. Bekannte schickten Glückwünsche, doch die erlösende Nachricht blieb aus. Nur ein »Happy Birthday« und dahinter ein »Sorry« war anscheinend eine Beschreibung dessen, was Luis für sie noch empfand.

Schon wieder meldete sich ihr Handy! Meghan verspürte den Wunsch, es so weit wie möglich in die Sträucher zu werfen, da entdeckte sie seinen Namen auf dem Display. Wut stieg in ihr hoch. Glaubte er wirklich, dass mit einem Anruf alles wieder gut sei? Erbost drückte sie seinen Anruf weg. Sie wollte nicht mit ihm sprechen, obwohl sie sich innerlich danach verzehrte, in seinen Armen zu liegen, nur um zu spüren, dass sie die Einzige war.

Bevor sie mit verquollenen Augen zu Bett ging, fiel ein prüfender Blick auf ihr Handy. Luis hatte noch einige Male versucht, sie zu erreichen. »Na, dann hatte er eben Pech!«, dachte Meghan zornig.

Es folgten schlaflose Nächte, in denen sich Traurigkeit, Wut und Sehnsucht abwechselten. Seine Nachrichten ignorierte sie, und wieder sang sie ein Loblied darauf, dass sie ihre Praxis hatte. Fröhlich und gutgelaunt präsentierte sie sich ihren Klienten gegenüber und dankte ihnen innerlich, dass sie ihr Ablenkung verschafften. Jedoch vermochte niemand zu ahnen, wie elend sie sich fühlte.

Zehn Tage waren seither vergangen und die E-Mail von Scott riss Meghan aus ihren Gedanken. Typisch! Immer musste er sich aufspielen! Anscheinend hatte er sich selbst zum Gruppenleiter gewählt. Ihre Nachricht, dass sie ein Einzelzimmer benötigte, da sie mit Hund anreiste, schien er hingegen ignoriert zu haben. Sie hasste es, wenn jemand sich einen Spaß daraus machte, Menschen ständig aufzuziehen. Während sie nochmals den gleichen Wortlaut formulierte und auf »Senden« drückte, hörte sie ein ihr vertrautes Motorengeräusch. Das war der Wagen von Luis! Noch vor einigen Tagen hätte ihr

Herz in diesem Moment Luftsprünge vollführt, doch jetzt spürte sie nur, wie eine innerliche Spannung in ihr aufstieg. Sie war nicht bereit für eine Konfrontation mit ihm! Ein Blick in den Spiegel, der auf dem Weg zur Haustür an einer Wand hing, bestätigte ihr, dass sie auch optisch nicht bereit war. Schnell versuchte sie, mit wenigen Handgriffen ihre Mähne etwas zu entwirren. Sie atmete tief durch, bevor sie die Tür öffnete. Die zappelnde Hündin schoss durch den kleinen Spalt in der Tür nach draußen. Prima! Sollte das nicht Luis sein, dann hätte sie ein Problem. Snoopy liebte Spaziergänge und hatte die Nase eines Jagdhundes. Nahm sie den Geruch von etwas auf, das interessanter war, konnte es durchaus passieren, dass sie allein die Gegend erkundete. Meghan wusste nicht, was ihr lieber gewesen wäre!

Doch es war Luis. Traurig wandte sie den Blick ab. Wie sehr sie ihn vermisst hatte! Mit versteinerter Miene näherte er sich in Begleitung von Snoopy der Haustür. Meghan trat einen Schritt zur Seite und ließ beide an sich vorbei.

Es folgte ein Meer an Diskussionen. Zunehmend verschwand das Bild des Mannes in ihr, den sie liebte. Es dämmerte bereits, als Luis das Haus verließ. Es war aus!

Zornig warf sie einen Stapel seiner Klamotten und ihre Liebe in den Koffer, der auf dem Bett lag. Es folgten weitere Stapel seiner persönlichen Sachen. Sie spürte, wie der Zorn in ihr weniger wurde, umso leerer der Schrank wurde. Als die Koffer im gegenüberliegenden Gästezimmer verstaut waren, atmete Meghan tief durch. Ihre Wut war verraucht und hatte Platz geschaffen für ein schreckliches Gefühl an Verlorenheit. Noch nie hatte Meghan sich so einsam gefühlt wie jetzt!

Als sie sich Kaffee einschenkte, meldete sich Scott bei ihr. Hatte sie auf einen Anruf von Luis gehofft? Oh ja! Stattdessen blinkte der Name Scott am Display auf. Sie wollte und konnte nicht mit ihm telefonieren und drückte ab. Dieser Macho hätte sofort gemerkt, dass mit ihr etwas nicht stimmte. Sie selbst realisierte die Situation nur schwer. Der Gedanke, dass Luis und sie kein Paar mehr sein sollten, war entsetzlich und befremdend zugleich.

Scott gab nicht auf! Er beschwerte sich per Email, dass sie seinen Anruf ignorieren würde, es sei aber wichtig, und er finde dieses Verhalten unprofessionell. Oh Gott! Was für ein schrecklicher Mensch! Schnell tippte sie eine kurze Nachricht an ihn und warf das Handy auf das Sofa. Dort konnte es vibrieren, solange es wollte, und der doofe Typ Nachrichten hinterlassen, so viele, wie er wollte.

Die Hündin schien zu spüren, dass etwas vor sich ging. Sie wich Meghan in den nächsten Tagen nicht von der Seite. Selbst wenn sie mit Klienten arbeitete, wartete sie geduldig vor der Tür.

Die Tage vergingen, ohne dass Luis sich meldete. Als der letzte Klient gegangen war, beschloss Meghan, ihr Leben wieder selbst in die Hand zu nehmen. Als Erstes würde sie damit beginnen, das Haus in Ordnung zu bringen. Er liebte sie nicht mehr und diese Tatsache musste sie akzeptieren. Zuerst putzte sie die Fenster, dann verrückte sie einige Möbel. Sogar die Fußbodenleisten wurden sorgfältig gereinigt.

Es mussten schon ein paar Stunden vergangen sein, da es draußen bereits dämmerte. Körperlich war Meghan am Ende. Ihr Rücken schmerzte fast genauso entsetzlich wie ihre Seele. Trotzdem raffte sie sich auf, um mit Snoopy noch eine Runde spazieren zu gehen.

Als Meghan die Hündin ableinte, sprintete Snoopy einige Meter nach vorn. Doch davon bekam sie nicht viel mit. Wieder und wieder lief der Streit mit Luis wie ein Film in ihrem Kopf ab. Kleinlich und empfindlich hatte er sie genannt und noch einiges mehr. Beide hatten sie sich beschimpft und sie konnte sich nicht daran erinnern, wann sie jemals so wütend war wie an diesem Tag. Dennoch musste sie sich eingestehen, dass sie ihn in die Enge getrieben hatte. Entschuldigung war es trotzdem keine! Trotzdem begriff sie nicht, warum er schon fast fluchtartig das Haus verlassen hatte.

Kapitel 4

Egal wie sehr sich Luis bemühte, es gelang ihm nicht. Noch immer sah er Meghans Gesicht vor sich. So wütend hatte er sie noch nie erlebt! Ihre Augen hatten so traurig ausgesehen, und es brach ihm fast das Herz, jetzt nicht bei ihr sein zu können, um ihr zu zeigen, wie sehr er sie liebte. Doch er konnte nicht! Er hatte einen schweren Fehler begangen, und deshalb war es ihr gegenüber nur fair, sie zu verlassen. Das hatte sie nicht verdient, und bis heute war ihm schleierhaft, wie er sich dazu hatte hinreißen lassen. Ein leises Klopfen riss ihn aus seinen Gedanken. Herein kam Eve!

Genau sie war es, die er nicht sehen wollte. Er war erst seit ein paar Stunden wieder hier und hatte es bis dahin erfolgreich geschafft, ihr aus dem Weg zu gehen.

Sie flötete ihm ein Hallo zu und erfüllte den Raum mit ihrem Parfüm. Ihre blauen Augen fixierten sein Gesicht, während sie auf ihren High Heels auf ihn zustöckelte. Dabei umspielte der Rock des Kostüms, das sie trug, ihre wohlgeformten Beine. Sie sah wunderschön aus, doch das beeindruckte Luis nicht mehr. Sie war ein Vampir!

Eve entging nicht, dass Luis nicht erfreut war, sie zu sehen. Leicht gekränkt durch seine abweisende Miene, musste sie ihren Stolz hinunterschlucken. Sie konnte jeden haben, den sie wollte! Früher oder später würde Luis einsehen, dass sie die bessere Wahl war als diese Meghan. Entschlossen begann sie seinen Nacken zu massieren und erinnerte ihn mit leiser Stimme an den Abend, der für ihn alles veränderte. Er umschloss ihre beiden Hände und drückte sie weg von sich. Er wollte nicht, dass jemand in der Firma mitbekam, dass er auch einer von denen war, die ihr in die Falle getappt waren. Wieder unterdrückte er den aufsteigenden Zorn in sich.

Er war es nicht gewohnt, dass ihn jemand in der Hand hatte, und wenn es nach ihm ging, wollte er diese Rolle auch nicht länger spielen. Doch er wusste auch, dass einiges auf dem Spiel stand. Sie hauchte ihm einen Kuss mit ihren perfekt geschminkten Lippen auf seine Wange und schwebte förmlich zur Tür hinaus.

Was hatte er nur getan! Luis fuhr sich mit beiden Händen durch das dunkelblonde Haar. Er ahnte schon, dass er sie nicht lange auf Abstand halten konnte. Die Tür ging erneut auf, und er wollte gerade ansetzen, etwas zu sagen, erkannte aber rechtzeitig, dass es Nathan war. Er wäre so jemand, der ihn für verrückt erklären würde, dass er von Eve nichts wollte. Es war in der Firma ein offenes Geheimnis, dass Nathan bis über beide Ohren verliebt war in Eve und schon darunter litt, dass sie ihn nicht einmal wahrnahm, obwohl er mehr Stunden leistete als jeder andere.

Er war sich für nichts zu schade, und wenn Eve nach einem Kaffee verlangte, lief er sofort, obwohl es nicht seine Aufgabe war. Er hasste sie dafür, wie sie mit ihm umging. Nathan war nett und in seinen Aufgaben völlig unterfordert. Nur, er entsprach nicht dem Beuteschema von Eve, und so würde er in zehn Jahren wahrscheinlich immer noch den Laufburschen von Eve spielen, und das, obwohl er vom Wissen her gut und gern ihren Job hätte übernehmen können.

Nathan ließ sich auf das Sofa in Luis' Büro fallen und musterte ihn aufmerksam. Er sorgte sich um seinen Freund und Arbeitskollegen. Selten hatte er Luis so schlecht gelaunt gesehen und beschloss, ihm bei einem Besuch im Pub auf den Zahn zu fühlen. Sie plauderten noch etwa zehn Minuten und verließen danach gemeinsam das Büro von Luis.

Einige Meetings später verließ Luis das Gebäude. Er ärgerte sich über Eves Verhalten. Sie machte aus ihren Gefühlen für ihn keinen Hehl. Selbst bei Besprechungen spürte er deutlich die neugierigen Blicke der anderen, wenn Eve wieder eine ihrer Bemerkungen vom Stapel ließ. Da kam ihm die Verabredung mit Nathan sehr gelegen.

Das Pub lag in der Nähe des Hotels, in dem sie einquartiert waren, und war mittlerweile ein beliebter Treffpunkt der Crew. Dort hatte er auch Gelegenheit, den Gerüchten ein Ende zu bereiten. Sein Handy surrte und ein leiser Hoffnungsschimmer keimte auf, dass Meghan ihm vielleicht eine Nachricht schickte. Ein Blick auf sein Handy, und der Hoffnungsschimmer schwand. Er kannte Meghan und wusste daher, dass die Chance, dass sie sich meldete, faktisch bei null lag.

Er beantwortete die Nachricht, bevor er die Hotelhalle betrat. Über den Fahrstuhl gelangte er in sein Zimmer, das im elften Stockwerk lag. Müde fiel er auf das sorgfältig zurechtgemachte Bett. Es dauerte gefühlt keine zwei Sekunden und er schlief tief und fest.

Die Nacht war bereits über die Metropole hereingebrochen, als Luis aus einem Traum hochschreckte. Verwirrt blinzelte er und sah sich um. Gott sei Dank! Erleichtert stellte er fest, dass er noch immer im Hotel war und nicht wie in seinem Traum in der Wilson Road, wo er sah, wie Eve Meghan auflauerte. Dieser Albtraum musste ein Ende haben, auch wenn er für Meghan und ihn zu spät war – egal wann er enden würde. Entsetzt blickte er auf die Uhr an seinem Arm. Nathan!

Der arme Kerl wartete in der Bar auf ihn seit über einer Stunde. Schnell griff er nach seinem Handy in seiner Jacke, die ebenso auf dem Bett lag. Nathan hatte ihm schon einige Nachrichten hinterlassen. Die letzte klang allerdings nicht mehr so freundlich und er beeilte sich, ihm eine erklärende Nachricht zukommen zu lassen. Er hatte Meghan verloren und er brauchte jetzt dringend einen Freund. In Windeseile duschte er und zog sich um.

Nur zweieinhalb Stunden später als vereinbart traf er im Pub ein. Als er die Tür öffnete, erblickte er Nathan und aus dem Augenwinkel Eve, die am anderen Ende der Bar stand und heftig mit einem Kollegen aus einer anderen Abteilung flirtete. Er entschuldigte sich bei Nathan und tat so, als hätte er Eve nicht gesehen. Sein Freund hatte eine missmutige Miene aufgesetzt und Luis hatte den ganzen Abend zu tun, seinen Freund aufzuheitern. Sie stießen gerade mit einem Bier an, als Eve sich zu ihnen gesellte. Die Spannung war spürbar.

Sie musterte Nathan mit einem kühlen Blick und wandte sich Luis zu. Mit ihm hatte sie noch ein Hühnchen zu rupfen! Doch Luis ließ ihr keine Gelegenheit dazu, und nach kurzer Zeit rauschte sie ab. Allerdings wirkte ihr Abgang lange nicht mehr so reizvoll, da sie schon einiges getrunken hatte und es ihr zunehmend schwerfiel, ihre Füße, die in High Heels steckten, zu kontrollieren.

Nach einiger Zeit beschlossen Nathan und er, das Pub zu verlassen. Als sie die wenigen Meter zum Hotel zurücklegten, sprach keiner ein Wort. Erst in der Hotellobby ergriff Nathan das Wort. Mit dem Satz: »Das wird dich deinen Job kosten«, ließ er Luis in der Hotelhalle stehen und ging in Richtung Fahrstuhl davon. Wie hatte er davon erfahren?

Kapitel 5

Der anhaltende Weckton riss Meghan erbarmungslos aus dem Schlaf. Sie vermisste Luis schrecklich und so war es kaum verwunderlich, dass die Nächte zu Tagen wurden. Missmutig rappelte sie sich auf. Eine dicke Schicht Concealer später schlürfte sie ihren Kaffee im Stehen. In zehn Minuten würde der erste Klient vor der Tür stehen und es blieb kaum Zeit, um mit Snoopy die gewohnte Spazierrunde zu gehen.

Meghan öffnete die Tür zum Garten und sah zu, wie die Hündin neugierig jeden Quadratmeter beschnüffelte, als wäre sie noch nie hier gewesen. Sie hörte, wie es an der Tür schellte. Sie atmete tief durch, bevor sie die restaurierte Holztür mit den schmiedeeisernen Scharnieren öffnete. Jedoch stand nicht ihr Klient vor der Tür, sondern Sue.

Während Meghan einen Anruf entgegennahm, gab sie Sue mit einem Handzeichen zu verstehen, dass sie reinkommen könne, indem sie auf das Sofa deutete. Als sie den Anruf beendet hatte, fiel ihr auf, dass die kleine korpulente Frau sich zu Snoopy nach draußen gesellt hatte. Meghan ging in die Küche, um für die Freundin und sich Kaffee zu holen. Mrs Wyatt hatte den Termin für ihren Sohn soeben storniert, da sich dieser noch auf einem Turnier befand. Normalerweise hasste Meghan es, wenn sich ihre Klienten nicht an die Termine hielten, doch heute fühlte sie sich erstaunlich erleichtert. Zu sehr hatten sie die letzten Tage mitgenommen und eine Pause würde ihr guttun. Mit zwei dampfenden Tassen betrat Meghan die Terrasse und reichte Sue eine der Tassen. Irgendetwas hatte Sue auf dem Herzen. Sie wich ständig ihren Blicken aus und hatte einen etwas verkniffenen Gesichtsausdruck. Was war passiert?

In Gedanken spulte Meghan die letzten Tage in ihrem Gedächtnis ab. Hatte sie die Freundin gekränkt? Doch so sehr sie sich auch bemühte, es fiel ihr nichts ein. Jemandem eine Information zu entlocken, war ihre Spezialität, auch wenn sie ihr Können nur ungern bei Freunden einsetzte. Zuerst unterhielten sie sich über den typischen Klatsch aus der Wilson Road. Es war bewundernswert, was Sue alles wusste. Der Spionagedienst wäre begeistert über Sues Fähigkeiten. Plötzlich schwieg die Freundin, während sie zu Boden starrte. Dann platzte sie mit der Neuigkeit heraus, die ihr sichtlich zu schaffen machte!

In Meghans Kopf drehte sich alles. Nein! Das konnte nicht wahr sein – oder doch? Ihr Luis hatte eine andere! Noch immer konnte sie keinen klaren Gedanken fassen. Die Nachricht schockte sie. Insgeheim hatte sie befürchtet, dass eine andere Frau hinter dem Verhalten von Luis stecken könnte. Doch Sues Bestätigung traf sie wie ein Schlag mit dem Hammer und zertrümmerte ihre letzten Hoffnungen, dass alles zwischen ihnen wieder in Ordnung käme.

Obwohl sich Sue bemühte, sie aufzumuntern, verabschiedete sie sich erfolglos wenig später. Noch immer schwirrte es in Meghans Kopf und die Tränen liefen, sobald die Tür ins Schloss gefallen war. So ein Schuft! Wie konnte er nur so feige sein! Sie warf sich auf ihr Bett.

Ein paar Stunden später erhob sie sich, wischte sich die Tränen aus dem Gesicht und suchte Snoopy. Es war einer dieser Momente, in denen sie überglücklich darüber war, einen Hund zu haben. Sie verließ mit Snoopy das Grundstück über die Hintertür. Noch nie hatte sie diese Tür benutzt. Doch jetzt kam sie Meghan sehr gelegen. Niemand sollte ihr verheultes Gesicht sehen. Vielleicht war Sue nicht die Einzige, die ihn gesehen hatte. Der Gedanke, dass es jeder wusste und sie die Einzige war, die keinen blassen Schimmer davon gehabt hatte, dass Luis ihre Beziehung längst abgehakt hatte, kränkte sie.

Als sie mit Snoopy zurückkehrte, fühlte sich Meghan etwas besser. Sie hatte nie aufgegeben in ihrem Leben!

In den nächsten Tagen arbeitete sie mit einer Besessenheit, die sie in dieser Form schon lange nicht mehr gespürt hatte. Sie vermied jeden Gedanken an ihn und fing an, ihr Leben neu zu planen. Seine persönlichen Dinge verstaute sie in der Garage, verschloss diese und damit auch die Gefühle, die sie für ihn hatte.

Das anstehende Seminar bereitete ihr noch immer Bauchschmerzen, doch aufgeben kam nicht in Frage!

Die Zeit schien wie im Flug zu vergehen. Die Mädchen meldeten sich zwischendurch. Luis hatte wohl mit ihnen gesprochen, und sie wussten Bescheid. Es war schön, dass die Situation keinen Einfluss auf die Beziehung zu den Mädchen hatte. Sie hielten sich aus dieser Sache heraus. Dennoch beschäftigte Meghan etwas. Wussten die Mädchen, dass ihr Vater eine neue Frau an seiner Seite hatte? Bei ihrem letzten Telefonat fehlte ihr der Mut, sie danach zu fragen.

Sie griff nach ihrem Handy. Ratlos starrte sie die Tastatur an. Wie sollte sie danach fragen? Keines ihrer Kinder sollte merken, wie sehr ihr die Trennung von Luis zu schaffen machte. Auch wenn es ihr schwerfiel, unterließ sie es und legte das Telefon zurück auf den Tisch. Fast zärtlich strich sie mit der Hand über die Tischplatte. Gemeinsam hatten sie den Tisch aus einer alten Tür gebaut. Bilder aus diesen Tagen ploppten auf und sie erinnerte sich, wie sie herumgealbert hatten. Das Haus machte es ihr nicht leicht. Es steckten so viele Erinnerungen darin. Sollte sie das Haus aufgeben, um ihn vergessen zu können?

Kapitel 6

Nach einer schlaflosen Nacht flüchtete Luis in sein Büro. Doch egal, wie sehr er sich bemühte, Nathans Worte zu ignorieren, so scheiterte er bereits nach wenigen Minuten. Was hatte Nathan damit gemeint? Wobei es ihm zum jetzigen Zeitpunkt fast schon gleichgültig war, ob er seinen Job verlieren würde. Eve ging ihm zunehmend auf die Nerven. Sie benahm sich wie eines dieser Mädchen vom College, die nichts verstanden, auch wenn der Zug für sie schon längst abgefahren war. Allein die Vorstellung, dass sie Meghan belästigen könnte, trieb seinen Puls hoch. Er ahnte nicht, dass Meghan bereits wusste, was er ihr vorenthalten wollte.

Gedankenversunken starrte er auf den Bildschirm, als die Tür aufgerissen wurde und Rod sich mit einem breiten Grinsen auf den Stuhl vor Luis' Schreibtisch setzte. »Wer hätte das gedacht, Luis, der Herzensbrecher!«, säuselte er.

Luis warf ihm einen wütenden Blick zu. Als wären seine Probleme nicht schon groß genug. Rod war die männliche Klatschtante in der Firma und verstand sich mit Eve ausgezeichnet. Eine Weile lief das Gerücht herum, dass er seinen Job nur bekommen habe, weil er weitschichtig mit ihr verwandt war. Irgendwann verlief das Gerücht im Sand, jedoch war es erstaunlich, wie vertraut er und Eve miteinander umgingen.

Rod schien die Situation zu genießen und stichelte immer weiter, bis Luis von seinem Stuhl hochsprang, mit wütenden Schritten die Bürotür aufriss und ihn aus dem Büro warf. Hatte Nathan geplaudert? Doch tief im Inneren wusste er, dass Eve ihren Rachefeldzug bereits begonnen hatte und Rod nur ein Mittel zum Zweck war. Er musste Meghan warnen!

Tiefe Furchen hatten sich auf seiner Stirn eingegraben. Den ganzen Nachmittag hatte er damit zugebracht, sich das Gehirn zu zermartern, wie er Meghan warnen könnte, ohne preisgeben zu müssen, dass er sie mit Eve betrogen hatte. Frustriert schnappte er sich seine braune Aktentasche und verließ fast fluchtartig das Büro. Er steuerte den nahe gelegenen Park an, obwohl eine Flasche Whisky ihm jetzt lieber gewesen wäre. Doch er musste einen klaren Kopf behalten. Sollte er zu Meghan fliegen, um sie vor der eifersüchtigen Cruella alias Eve zu beschützen? Er fühlte sich schrecklich!

Sein geordnetes Leben schien sich mehr und mehr in Luft aufzulösen. Nicht nur, dass sein Job auf dem Spiel stand, sondern auch seine Ehe zu Meghan bestand nur noch auf dem Papier. Vor seinem geistigen Auge tauchte das Gesicht von Rod und dessen spöttisches Grinsen auf. Er hasste diesen Typ!

Er war falsch, verlogen und besaß die Unverschämtheit, ihn zu fragen, ob es ihn stören würde, wenn er sich an Meghan heranmachen würde. Er spürte, wie die Eifersucht in ihm hochkochte. Der Gedanke, dass sich die beiden näherkommen könnten, raubte ihm fast den Verstand. Dann kam ihm ein für seine Verhältnisse völlig abstruser Gedanke. Er würde sich einfach krankmelden, und in ein paar Wochen wäre dann vielleicht Gras über die Sache gewachsen. Der Bonus wäre, dass er Meghan beschützen könnte – vor wem auch immer!

Kurz darauf verwarf er diesen Gedanken wieder. Er war noch niemals krank gewesen. Als Workaholic machte es ihn eher krank, wenn er nicht arbeiten konnte. Außerdem wäre das ein denkbar ungünstiger Zeitpunkt. Er stand kurz davor, in den Managementhimmel befördert zu werden, und das beinhaltete damit die Partnerschaft, für die er seit Jahren schuftete.

Das Handy surrte in der Jacketinnentasche. Nathan meldete sich und Luis beeilte sich, in das Firmengebäude zurückzukehren. Ein Meeting war angesetzt worden, bei dem er nicht fehlen durfte. Die gesamte Führungsebene war zugegen, und das konnte nichts Gutes bedeuten!

Als er aus dem Fahrstuhl stieg, herrschte eine spürbare Anspannung. Der Kopierer lief auf Hochtouren und die angespannten Mienen der Mitarbeiter seiner Abteilung bestätigte seinen Verdacht. Er betrat den Konferenzraum und Nathan winkte ihn mit versteinerter Miene zu sich. Kurz darauf ging die Tür auf und da waren sie. Während einer der Chefs ein paar Worte zur Begrüßung sprach, schob Nathan ihm ein Dokument zu. Luis überflog dieses und auch seine Miene verfinsterte sich. Die Systeme des Kunden schienen gehackt worden zu sein und ihre Abteilung stand schwer unter Beschuss, ein wichtiges Sicherheitsleck übersehen zu haben.

Firmengeheimnisse waren in dunkle Kanäle geflossen und zum jetzigen Zeitpunkt konnte niemand sagen, wie groß der Schaden war.

Eine gefühlte Ewigkeit später war das Meeting zu Ende. Er, Nathan und noch ein paar andere Kollegen mussten in weniger als zwei Stunden nach Boston fliegen. Die Situation war prekär und trotzdem spürte Luis eine freudige Erregung in sich. Meghans Seminar fand in Boston statt und mit etwas Glück könnte er sie dort treffen, wenn sie daran teilnahm. Doch würde sie ihn überhaupt sehen wollen? Er wusste, dass sie Snoopy mitnehmen musste. In diesem Moment schämte er sich zutiefst. Er hatte sie nicht nur betrogen, sondern sie auch im Stich gelassen. Würde sie ihm jemals verzeihen?

Kapitel 7

Der Herbst zeigte sich in seiner bunten Pracht. Die Bäume schillerten in verschiedenen Herbsttönen und kündigten den Winter an. Meghan blieben noch drei Tage bis zu ihrer Abreise nach Boston. Die Uhr tickte unaufhaltsam! Die letzten Tage hatte sie damit zugebracht, sich auf das Seminar vorzubereiten, und mit Snoopy trainiert. Anfänglich klappte das Einsteigen und Aussteigen sehr gut, bis Snoopy der Meinung war, dass es nun Zeit für etwas anderes war. So war es nicht verwunderlich, dass die Hündin auch am heutigen Morgen stur in der Sitzposition vor dem Auto verharrte und nicht daran dachte, in den Jeep zu springen. Meghan seufzte tief. Wie sollte sie es bis Boston schaffen, wenn Snoopy nicht im Auto mitfahren wollte?

Nach einer halben Tüte Leckerlis saß die Hündin endlich im Auto.

Heute wollte Meghan mit ihr eine längere Fahrt unternehmen. Damit die Hündin nicht wie in den letzten Tagen während der Fahrt zwischen Beifahrersitz und Rücksitzbank wechseln konnte, hatte sie vorsorglich drei weitere Hundegurte besorgt. Damit war die Hundedame fixiert und hatte dennoch Platz, sich bequem hinzulegen.

Auf das empfohlene Gitter hatte sie verzichtet. Meghan stieg ein und startete den Motor. Zunächst fuhr sie wie an den Tagen zuvor auf den Nebenstraßen. Der Blick der Hündin schien misstrauisch, trotzdem blieb sie ruhig auf der Rücksitzbank liegen. Yes! Als Nächstes bog Meghan auf den Highway ab. Jeder Muskel spannte sich an. Sie dachte daran, was sie ihren Klienten in heiklen Situationen empfahl, und atmete tief durch. Sie spürte, wie die Anspannung wich. Nach einigen Kilometern erhöhte sie das Tempo und schaltete das Radio ein.

Im Rückspiegel beobachtete sie die Hündin, die jedoch weiter aus dem Seitenfenster sah. Nach weiteren Kilometern hätte Meghan am liebsten laut aufgejohlt vor Freude und sie spürte, wie ein Stein in der Größe eines Felsbrockens sich in ihr löste. Es war möglich! Zuhause angekommen stellte sie den Jeep vor der Garage ab. Sie näherte sich der hinteren Tür und öffnete diese. Erwartet hatte sie, dass Snoopy sich sofort aus dem Staub machen würde. Doch zu ihrem Erstaunen blieb die Hündin auf der Rücksitzbank liegen und machte keine Anstalten, das Auto zu verlassen. Egal wie sehr sie streichelte und lockte, nichts konnte die Hundedame dazu bewegen, das Auto zu verlassen. Meghan stand mit einem verwirrten Gesichtsausdruck vor dem Jeep. Die Anschnallgurte hatte sie gelöst. Wieso reagierte Snoopy so? Noch nie war die Hündin freiwillig im Auto sitzen geblieben, sobald jemand die Tür öffnete.

Gerade eben, als sie beschloss, wieder die Hundeleckerlis ins Spiel zu bringen, sprang die Hündin aus dem Auto. Das konnte heiter werden! Trotzdem freute sie sich über die Fortschritte und belohnte Snoopy zuerst mit einem dicken Steak aus dem Kühlschrank.

Es dauerte nicht lange, bis die Hündin eingerollt in ihrem Körbchen schlief. Meghan bedachte sie mit einem liebevollen und zugleich stolzen Blick. Woran einige Hundepäpste gescheitert waren, hatte sie als Laie allein geschafft. Sie nahm sich vor, morgen wieder die gleiche Strecke mit ihr zu fahren, damit sie sichergehen konnte, dass die heutige Autofahrt nicht nur eine einmalige Angelegenheit war.

Während Snoopy träumte, begann Meghan die Koffer zu packen. Was sollte sie nur mitnehmen? Nachdem das Seminar auf einem Gestüt stattfand, hatte sie sich eigentlich vorgenommen, wieder in den Sattel zu steigen.

Der Schmerz über den Verlust des eigenen Pferdes saß noch tief, obwohl in der Zwischenzeit schon viele Jahre vergangen waren. Dennoch vermisste sie das Gefühl der Freiheit, das sie auf dem Rücken ihres Pferdes empfunden hatte, und diese unerklärliche Verbundenheit zu diesen Tieren. Entschlossen warf Meghan ein Paar Reithosen zusätzlich in den Koffer, der sich mehr und mehr füllte. Nach einer gefühlten Ewigkeit und vielen Häkchen auf ihrer Liste konnte sie den Koffer schließen. Sie zerrte ihn neben den Schrank.

Außer Puste blieb sie stehen und sah aus dem Fenster. Wehmütig dachte sie daran, wer sie einst war und wer sie nun sein würde – Meghan, die Frau mit Hund! Auf jeden Fall war sie nicht mehr die Frau von Luis. Zornig schüttelte sie den Kopf und biss sich auf die Lippen. Sie konnte ihr Leben auch allein bestreiten! Trotzig warf sie das lange Haar zurück und beeilte sich, in die Praxis zu kommen.

Fast hätte sie einen Termin mit einem Klienten übersehen, der schon etwas ungeduldig vor der Tür stand. Sie musste sich zusammenreißen! Jeder Klient war wichtig für ihre Arbeit und unter den gegebenen Umständen auch wirtschaftlich wichtig.

Natürlich schätzte sie Luis nicht so ein, dass er sie in finanziellen Dingen übers Ohr hauen würde, doch sie hatte auch nie geglaubt, dass er sie jemals betrügen würde. Meghan hasste den Gedanken, dass von ihrer Ehe vielleicht nichts anderes übrig blieb als eine Schlammschlacht um das geliebte Haus in der Wilson Road und sie letztendlich lediglich nur durch ihre Mädchen verbunden blieben. Schnell verdrängte sie diesen Gedanken und konzentrierte sich auf ihre Klientin. Ihr Name war Lou. Sie kam auf Empfehlung einer Bekannten. Insgeheim freute sich Meghan, dass das Geschäft florierte, dennoch überkam sie ein seltsames Gefühl.

Schon an Lous Körpersprache erkannte Meghan, dass sie kein Problem mit ihrem Selbstwertgefühl hatte. Ihre augenscheinlichen Probleme gehörten definitiv nicht in den Aufgabenbereich eines Coaches ihres Formats.

Sie haderte mit sich, ob es an dieser Stelle besser wäre, so zu sein wie Scott, der in ihrem Fall keine Gewissensbisse hätte, das leicht verdiente Honorar einzuheimsen. Doch die Fairness und Ehrlichkeit, auf die sie sehr viel Wert legte, siegte. Sie wählte die Worte sehr bedachtsam aus und klärte Lou darüber auf, dass sie keinen Coach benötige. Stattdessen gab sie Lou ein paar Tipps, wie sie ihre Probleme in ihrer Partnerschaft lösen könnte.

Die Tür fiel in das alte Schloss und Meghan blieb noch immer wie erstarrt stehen. Der letzte Satz von Lou hatte sie aus dem Gleichgewicht geworfen. Was bildete sich diese Frau ein?

Sie hatte nur fair sein wollen und als Dankeschön musste sie sich ihren Spott gefallen lassen. Natürlich lag ihre eigene Beziehung in Trümmern vor ihr, doch das war noch lange keine Begründung, ihre Kompetenz in Frage zu stellen. Aufgelöst stürmte sie in die Küche. Während die Kaffeemaschine ihren Dienst tat, kam Meghan ein seltsamer Gedanke. Woher wusste Lou, dass sie sich gerade von Luis getrennt hatte?

Umso länger sie darüber nachdachte und die Session gedanklich Revue passieren ließ, umso mysteriöser wurde es. Sie verwarf den Gedanken, Lou anzurufen und zur Rede zu stellen. Vielleicht interpretierte sie zu viel in die Geschichte hinein.

Der Rest des Tages verging wie im Flug. Die Fülle an Vorbereitungen, die sie noch zu treffen hatte, vertrieben die Gedanken an Lou erfolgreich, und als es dämmerte, ließ sie sich geschafft neben Snoopy auf das Sofa fallen. Es war alles bereit!

Doch war sie selbst auch bereit, Typen wie Scott entgegenzutreten? Wenn eine Fremde ihr schon so zusetzte, wie würde das erst mit Scott werden, der sich sicher nicht zurückhielt? Doch sie würde nicht kneifen und schließlich hatte sie Snoopy. Zum Glück würden für sie die langen Abende und Mc Allisters selbstverliebte Storys ausfallen. Binnen Sekunden erkannte Meghan, dass Snoopy ihre Rettung war. Die Sorge, dass die Hündin ihr auf dem Seminar Probleme bereiten könnte, verflog und es ergriff sie ein Gefühl der Vorfreude. Zum ersten Mal seit der Trennung von Luis summte sie ihren Lieblingssong vor sich hin, während sie die letzten Dinge erledigte. Lediglich ein Wermutstropfen dämpfte ihre neu gewonnene Euphorie – Luis!

Kapitel 8

Leise drang ein penetrantes Piepen an Meghans Ohr. Verschlafen richtete sie sich auf und sah direkt in Snoopys Augen. Sie tätschelte der Hündin den Kopf und ging noch etwas steif ins Bad. Sie hatte schreckliche Dinge geträumt und war alles andere als fit und ausgeruht. Wie gut, dass sie gestern schon den Koffer und Snoopys Tasche mit Futter und Napf sowie einer gefühlten Tonne an Leckerlis zur Bestechung im Auto verstaut hatte. Planung war eben doch das halbe Leben! Leider aber liefen die nächsten Stunden dann doch nicht so, wie Meghan sie geplant hatte. Die Kaffeemaschine wollte keinen Kaffee ausspucken und Snoopy beschloss eine Katze zu verfolgen, die sie im Garten entdeckt hatte. Sie hetzte das arme Tier durch das Wohnzimmer wieder hinaus in den Garten, scheiterte dann am Gartenzaun, unter dem die Katze problemlos durchschlüpfte.

Wild kläffte sie ihr hinterher und war bereits im Begriff, über den Zaun zu springen, als Meghan sie mit einem Ruck zurückzog. Was war nur los mit ihr? Noch nie hatte die Hündin bei einer Katze so ein Theater veranstaltet. Während Meghan sichtlich schlechtgelaunt die Hündin am Halsband packte und sie durch die Hintertür in das Haus brachte, sprach sie mit ihr wie mit einem ungezogenen Kleinkind, das Mist gebaut hatte. Snoopy verzog sich schmollend auf ihren Platz und Meghan lief nach oben, um sich umzuziehen.

Letztendlich traten sie die Reise mit zwei Stunden Verspätung an und immer noch ohne Kaffee. Die Hündin hatte erstaunlich schnell auf der Rücksitzbank Platz genommen. Die Laune von Meghan, geprägt durch den Kaffeeentzug, sank noch weiter, als ihr bewusst wurde, dass sie in den morgendlichen Stau geraten würden. Sie hasste es, zu spät zu kommen!

Sie quälte sich die nächsten 90 Minuten im »Stop-and-go« durch den Verkehr. Snoopy fand diese Art zu fahren nicht besonders interessant und durchbrach die Stille mit einem hohen Jaulton. In Meghans Kopf schrillten die Alarmglocken! Oh Gott! Nur zu gut wusste sie, was in absehbarer Zeit passieren würde. Zu gut konnte sie sich an den Tag erinnern, als die Rücksitzbank ihres Wagens ein großes Loch aufwies und die Reste der Polsterung fein säuberlich von Snoopy in kleine Stücke gerissen wurden. Wieso ging es denn nicht weiter? Genervt trommelte sie mit ihren Fingern auf dem Lenkrad, unterließ es aber gleich wieder. Es half nichts! An der nächsten Ausfahrt verließ sie den Highway.

Der Diner war sehr gut besucht. Überall parkten Autos und erschwerten die Durchfahrt. Sie brauchte einen Kaffee! Snoopy im Auto lassen war keine gute Idee, und so löste sie die Anschnallgurte auf der Rücksitzbank. Still hoffte sie, dass man eine Ausnahme machen würde und sie ihren Vierbeiner mit in den Diner nehmen dürfte. Mutig passierte sie die Tür und stellte sich hinter eine Menschentraube, die sich hinter der Kaffeetheke gebildet hatte.

Vielleicht würde niemand den Hund bemerken. Zu spät! Bereits jetzt beugten sich zwei Teenager zu Snoopy hinunter und riefen aufgeregt nach ihren Müttern, die mit entsetzten Gesichtern zu ihren Töchtern eilten. Missbilligend deuteten sie auf das Schild an der Eingangstür und zogen durch ihren harschen Tonfall alle Blicke auf sich und Meghan. Damit die Situation nicht eskalierte, verließ Meghan fast fluchtartig den Diner und stürmte mit Snoopy in Richtung ihres Wagens.

Genervt lockte sie die Hündin auf die Rücksitzbank, die erst nach einigen Anläufen einstieg. Sie setzte sich auf den Fahrersitz und grübelte. So ein Mist! Sie war einem Becher Kaffee schon so nah gewesen! Sollte sie es wagen? Ein Klopfen an der Autoscheibe riss sie aus ihren Gedanken. Sie richtete den Blick nach draußen und erstarrte. Zwei freundliche blaue Augen strahlten sie durch das Glas an.

Verwirrt betätigte sie den Fensteröffner. Scott! Was wollte er denn hier? Das hatte ihr noch gefehlt!

»Probleme? Du hast deinen Kaffee vergessen.« Mit einem verschmitzten Lächeln hielt er ihr diesen herrlich dampfenden Becher Kaffee direkt vor die Nase.

Sie öffnete gerade den Mund, um hoffentlich etwas Sinnvolles zu sagen, als er vorsichtig den Finger auf ihre Lippen legte. Bevor sie überhaupt reagieren konnte, drückte er ihr den Becher in die Hand, drehte sich um und war wieder verschwunden. Es roch so gut! In diesem Moment hätte sie auch den Kaffee vom Teufel persönlich getrunken. Wobei Scott dem schon ziemlich nahekam. Wieso war er so freundlich?

Nichts Gutes ahnend setzte sie ihre Fahrt fort. Der Stau hatte sich glücklicherweise aufgelöst und sie würde zumindest etwas Zeit gewinnen.

Noch immer schwirrte Scott ihr im Kopf herum. Sie kannten sich schon eine Weile und bisher hatte sie ihn nur als einen gutaussehenden, arroganten Macho in Erinnerung.

Innerlich dankte sie ihm für den Kaffee, der ihre gute Laune geweckt hatte. Persönlich bedanken kam aber nicht in Frage! Sicher würde er die Geschichte ausschmücken und an einem der Abende zum Besten geben, und sie bekäme die Rolle des unorganisierten Kaffeejunkeys. Scott war nie nett gewesen, und schon gar nicht zu ihr!

Die Sonne stand schon tief, als Meghan das Gestüt erreichte. Erleichtert stieg sie aus und löste die Gurte von Snoopy. Einen langen Spaziergang hatte sich Snoopy jetzt redlich verdient.

Das Gestüt lag inmitten eines Waldstücks. Das imposante Schloss war offensichtlich liebevoll renoviert worden. Ein Geruch erfüllte die Luft, den sie nur zu gut kannte. Oh, wie sehr sie das vermisst hatte! Eigentlich war sie schon zu spät, dennoch spazierte sie unbeirrt durch das Gestüt. Sie fühlte sich wie ein kleines Mädchen auf Entdeckungsreise. Snoopy zerrte aufgeregt an der Leine.

Einige Meter entfernt graste eine Herde junger Pferde auf der Weide. Magisch angezogen näherte sich Meghan dem Holzzaun. Snoopy fand es ebenso magisch, nur auf eine andere Art. Wie aus dem Nichts gab sie Laute von sich, die Meghan noch nie von ihr gehört hatte. Auch den Pferden schien ihre Anwesenheit bewusst geworden zu sein. Sie hoben den Kopf und galoppierten ungestüm davon.

Ergriffen von diesem schönen Augenblick trat Meghan den Rückweg an. Als sie das Hauptgebäude erreichte, hatte sich bereits eine kleine Gruppe von Menschen vor dem Haupteingang versammelt. Als sie näher kam, erkannte sie einige der Gesichter aus den vorangegangenen Seminaren. Okay! Es war so weit!

Die Begrüßung viel sehr freundschaftlich aus. Auch Snoopy blieb trotz der vielen Hände, die sie streicheln wollten, erstaunlich positiv, dennoch merkte man ihr an, dass diese Art von Aufmerksamkeit ihr unangenehm war. Meghan beeilte sich, die Hündin etwas abzuschirmen, auch wenn sie das den ein oder anderen überraschten Blick kostete. Mit einem entschuldigenden Lächeln und einem Winken ging sie durch die Eingangstür des imposanten Gebäudes. Den Schlüssel für ihr Zimmer hatte sie bereits erhalten. Eine Pause würde ihnen beiden guttun. Die Fahrt hatte sie mehr angestrengt, als sie erwartet hatte. Es dauerte eine Weile, bis sie die alte Holztür mit dem Schlüssel öffnen konnte. Luxus war hier nicht zu erwarten, dessen war sich Meghan schon sicher. Als sich die Tür endlich öffnen ließ, war sie dennoch beeindruckt, wie einfach, aber gemütlich die Zimmer eingerichtet waren. Bevor sie reagieren konnte, war Snoopy mit einem Satz auf das breite Himmelbett gesprungen und hatte es sich dort bequem gemacht. Als sie die Hündin dort liegen sah, durchströmte sie ein tiefes Gefühl der Zuneigung. Gleichzeitig schwor sie sich, dass Snoopy immer bei ihr bleiben würde.

Obwohl sie sich nicht davor fürchtete, dass Luis Besitzansprüche anmelden würde, so flammten dennoch Ängste in ihr hoch, das geliebte Fellknäuel zu verlieren.

In weniger als einer Stunde wurde sie zum Essen erwartet – ohne Hund! Eigentlich hatte sie keine Lust, den neugierigen Fragen Paroli zu bieten, jedoch wäre es unhöflich gewesen, schon am ersten Abend zu fragen, ob sie auch auf dem Zimmer essen könne. Mit einem Seufzen erhob sie sich von dem weichen Bett.

Meghan zog sich um und verließ das Zimmer. Die Hündin hatte nicht mal den Kopf gehoben, und das war das sichere Zeichen für Meghan, dass Snoopy in den nächsten Stunden schlafen würde.

Der Speisesaal war wie der Rest des Anwesens rustikal und dennoch stilvoll eingerichtet. Der Boden bestand aus alten Holzdielen, die ein knarrendes Geräusch von sich gaben, sobald man sie betrat.

Die meisten Teilnehmer waren schon anwesend. Auf der langen Tafel waren Namenskärtchen aufgestellt und Meghan fühlte sich wie beim Kindergeburtstag. Angestrengt glitten ihre Augen von Schild zu Schild. Typisch! Sie saß neben Scott und inmitten einer Männertruppe, von der sie nur Scott und Henry persönlich kannte. Ihre Augenbrauen zogen sich etwas zusammen. Das hatte er doch mit Absicht gemacht. Nur gut, dass sie die meisten Abende auf ihrem Zimmer verbringen würde. Sie nahm Platz und ignorierte die unglückliche Platzeinteilung.

Nur wenige Minuten später kam Scott. Er brauchte natürlich seinen Auftritt! Wie attraktiv er aussah, und Meghan musste wieder an die Begegnung auf dem Parkplatz des Diners denken. Sie spürte ein Kribbeln in sich, das sie mit einem lauten Räuspern wegschieben wollte.

Scott unterbrach seine Rede und starrte sie an. »Erkältet?«, wandte er sich an sie.

Meghan errötete leicht. Genau aus diesem Grund hasste sie ihn. Durch ihn geriet sie immer in peinliche Situationen.

Das Essen wurde serviert und Meghan beeilte sich, da sie keine weiteren peinlichen Vorfälle provozieren wollte, die Scott aber sicher schon in petto hatte.

Nach dem Essen verabschiedete sie sich und ignorierte das Getuschel am anderen Ende des Tisches. War das Seminar wirklich eine gute Idee gewesen?

Kapitel 9

Das Haus am See war ein Geschenk für Meghan gewesen. Luis strich mit dem Daumen über das Foto, das er immer bei sich trug. Solange er Meghan kannte, war es ihr Traum gewesen, den er ihr mit der Vorstellung erfüllt hatte, dass sie ihre Tätigkeit als Coach aufgeben würde und sich ihrem geliebten Hobby widmen konnte. Doch es kam alles anders!

Seine Gesichtszüge verhärteten sich, als die schrecklichen Bilder vor ihm auftauchten. Nichts als ein paar verkohlte Holzbalken war von ihrem Traum übrig geblieben. Er spürte, wie sein Puls zu rasen begann! Noch nie in seinem Leben hatte er so eine Angst verspürt wie damals, und danach war nichts mehr wie vorher. Fünf Jahre waren seither vergangen, und trotzdem wurde er das Gefühl nicht los, dass dieses Feuer nicht nur das Haus am See zerstört hatte. Meghan arbeitete seitdem nur noch als Coach und hatte ihre Autorentätigkeit beendet. Sie investierte in seinen Augen zu viel Zeit in dieses undankbare Business. Er liebte sie, aber nicht den Coach in ihr, und jetzt hatte er beides verloren.

Das Signal ertönte und Luis schloss den Gurt.

In wenigen Minuten würden sie landen und eigentlich hätte er gut daran getan, wenn er die Akte studiert hätte, anstatt in der Vergangenheit zu verweilen. Er war sich bewusst, in welchem Schlamassel seine Abteilung steckte, und die Erwartung seines Bosses war dementsprechend hoch, dass sie das Problem lösen würden.

Er knuffte Nathan leicht mit dem Ellenbogen in die Seite. Bewundernswert, dass sein Freund auch in den unmöglichsten Situationen schlafen konnte. Seit dem Meeting hatte Luis keinen Schlaf gefunden. Eve, die ihn sexuell anzog, und die Sache mit Meghan ließen ihn nicht zur Ruhe kommen. Er hatte gehofft, dass die Reise nach Boston ohne Eve stattfinden würde. Doch sie hatte es natürlich wieder geschafft! Obwohl ihre Anwesenheit völlig überflüssig war, war sie Teil der Truppe.

Das Flugzeug hatte seine Parkposition eingenommen. Luis beeilte sich, die Maschine so schnell wie möglich zu verlassen. Seit dem Brand befielen ihn immer wieder Angstgefühle, und Fliegen war für ihn keine angenehme Art zu reisen, aber in seinem Job an der Tagesordnung. Außerdem wollte er nicht mit Eve zusammentreffen. Obwohl er sich sicher war, dass er Meghan liebte, konnte er die Wirkung, die Eve auf ihn ausübte, nicht ignorieren.

Sie war wunderschön und hatte einen perfekten Körper, den sie auch für sich einzusetzen wusste. Noch immer kribbelte es in ihm, wenn er an ihre gemeinsame Nacht dachte. Doch es war falsch gewesen und er für sie nur Mittel zum Zweck. Sie hatte ihn zu einer männlichen Hure degradiert und er hatte es zugelassen.

Nathan erreichte ihn keuchend und beschwerte sich, dass Luis davongestürmt war, ohne auf ihn zu warten.

Bis jetzt war der gute Freund recht wortkarg gewesen und Luis spürte eine riesige Erleichterung, dass sein Freund ihm nicht mehr böse zu sein schien. Die Freundschaft war ihm wichtig und besonders in der jetzigen Situation. Vor seinem Abflug war Luis sich sicher gewesen, dass er zu Meghan sofort Kontakt aufnehmen würde, sobald er wieder Boden unter den Füßen hatte. Unsicherheit überfiel ihn. Wie würde sie reagieren?

Eine Parfümwolke nebelte ihn ein. Mist! Wie selbstverständlich hakte sich Eve bei ihm ein und er spürte, wie sie ihren Körper an seinen presste. Er war ein Mann und die Reaktion blieb nicht aus und zauberte ein zufriedenes Lächeln in Eves Gesicht, vergleichbar mit einer Katze, die soeben ihre Beute verspeist hatte.

Verlegen wandte Luis den Blick ab und war froh, dass es nur ihr aufgefallen war. Ihm war klar, dass der Zwischenfall wieder Hoffnungen in ihr wecken würde.

Als das Team vollzählig war, verließen sie den Flughafen. Es war keine Zeit für einen Zwischenstopp im Hotel. Ein Chauffeur des Kunden erwartete sie bereits am Ausgang.

Die Fahrt dauerte fast vierzig Minuten und Luis war heilfroh, dass Eve in dem anderen Wagen saß. Als seine Kollegen und er vor dem imposanten Gebäude ausstiegen, stieß Nathan einen Pfiff aus. Jetzt war jedem klar, warum die Geschäftsleitung so nervös zu sein schien. Geld schien hier das kleinste Problem zu sein und sicher beherbergte das Gebäude ein Stockwerk nur mit Anwälten, die ihnen das Leben schwer machen würden, wenn sie das Leck nicht eliminieren konnten.

Sie waren gut in ihrem Job und verfügten über die neueste Ausrüstung. Würde es reichen? Nervös hüstelte Luis, und selbst der immer so entspannte Nathan wirkte angespannt. Es stand viel auf dem Spiel!

Luis' Leben war ein Disaster und die Abwärtsspirale drehte sich unaufhörlich weiter. Er war Pragmatiker und dennoch spürte er ein Gefühl der Machtlosigkeit. Etwas schien sich gegen ihn verschworen zu haben.

Kapitel 10

Als Meghan nach draußen trat, bot sich ihr ein unglaubliches Bild. Das Gestüt lag so friedlich da, als würde es schlafen. Lediglich ein gelegentliches Schnauben und Wiehern war zu hören. Sie wusste, dass um diese Zeit Fütterungszeit war, und gab damit auch nicht dem Wunsch nach, in einen der Ställe zu gehen. Stattdessen ging sie den Weg entlang, seitlich an den Koppeln vorbei. Der Pfad war schon ziemlich beansprucht von den Pferden, die wohl auf diesem Weg zur Koppel geführt wurden. Sie entdeckte ein Pferd, das friedlich am Ende einer Koppel zu grasen schien. Aus Erfahrung wusste Meghan, dass ein Pferd niemals allein auf eine Koppel gestellt wurde. Mit Snoopy an ihrer Seite versuchte sie, sich so leise wie möglich heranzupirschen. Snoopy schien zu spüren, wie wichtig es war, jetzt leise zu sein.

Sie waren nur wenige Schritte entfernt, als die Hündin noch etwas anderes wahrnahm und wie aus dem Nichts lossprintete. Meghan hatte damit nicht gerechnet, verlor unerwartet das Gleichgewicht und landete unsanft auf dem Boden. Schnell rappelte sie sich auf. So ein Mist! Sie lief ein paar Schritte in die Richtung, die Snoopy eingeschlagen hatte. Ein Blick auf ihre Uhr verriet ihr, dass sie jetzt umkehren müsste, wenn sie pünktlich sein wollte. Jedoch kannte Meghan ihren Hund. Während sie sich innerlich selbst verfluchte, mischte sich von Minute zu Minute die Angst hinzu, dass ihrem geliebten Fellknäuel etwas Schlimmes passieren könnte. Schließlich waren sie beide fremd hier. Sie stieß einen Pfiff aus und rief ihren Namen – nichts! Gerade als sie im Begriff war umzudrehen, um Hilfe zu holen, sauste Snoopy auf sie zu. Oje! Die Hündin schien es nicht im Geringsten zu stören, dass sie bis zu den Ohren mit Schlamm bedeckt war. Sie vollführte einen Freudentanz vor Meghan, dass der Schlamm nur so spritzte. Schnell befestigte Meghan die Leine an ihrem Halsband und rannte mit ihr, in so fern es der matschige Weg zuließ, in Richtung Hauptgebäude.

Als wäre die Situation nicht schlimm genug gewesen, lief sie ausgerechnet Scott in die Arme. Er betrachtete zuerst den Hund und musterte sie von Kopf bis Fuß und brach in schallendes Gelächter aus. Meghan bedachte ihn mit einem wütenden Blick und lief direkt in den Hauptstall, der neben dem Hauptgebäude lag. Zuerst musste sie Snoopy vom Schlamm befreien, da man sie wohl kaum in diesem Zustand hätte mit hineinnehmen können. Zum Glück blieb die Hündin vorbildlich am Waschplatz stehen, während Meghan sie vom Schlamm befreite.

Fertig! Sie nahm Snoopys Leine und ging mit ihr durch die Stallgasse ins Freie. Vor dem Haupteingang stand glücklicherweise niemand. Sie sah an sich hinunter. So konnte sie auf keinen Fall an der ersten Übung teilnehmen, aber zum Umziehen blieb keine Zeit.

Da entdeckte sie eine Toilette. Der Raum war nicht besonders groß und Snoopy presste ihren nassen Körper an ihre Beine. Zumindest war sie nicht mehr schmutzig, aber nass. Nach wenigen Minuten spürte sie, wie die Nässe durch den Stoff drang. Aus ihrer Hosentasche zauberte sie ein Taschentuch und begann die Schlammspritzer aus ihrem Gesicht zu wischen. Wie sie aussah! Kein Wunder, dass Scott gelacht hatte. Ihre langen Haare bildeten Locken, die sich wild um ihr Gesicht rankten. Schnell fischte sie ein Haargummi aus der anderen Hosentasche, das sie glücklicherweise immer bei sich trug. Geschickt fasste sie ihr Haar zu einem Pferdeschwanz zusammen.

Mittlerweile war ihre Reithose ab dem Knie völlig durchnässt. Der Pullover, übersät mit Spritzern, wurde auch noch mit dem Taschentuch bearbeitet – fertig! Sie hatte exakt noch zwei Minuten Zeit, um Snoopy in ihr Zimmer zu bringen und sie zu füttern. Sie stürmte aus der Toilette und rannte über die Treppe nach oben.

Außer Puste schloss sie das Zimmer auf und füllte den Napf, während Snoopy sich auf dem Bett räkelte. Okay! Auf dem Weg zur Reithalle musste sie noch Bescheid geben, dass sie neue Bettwäsche benötigte. Eine gefühlte Ewigkeit später stand sie in ihrer feuchten und schmutzigen Reithose mit den anderen Teilnehmern in der Reithalle. Es war schon empfindlich kühl und Meghan fröstelte. Natürlich war sie zu spät gekommen, was ihr von Rene einen bösen Blick einbrachte, während die anderen nur die Augenbrauen hochzogen. Zwei Damen in schicken Designerjeans tuschelten kurz. Klasse!

Meghan stammte aus der Reiterszene und sie ahnte in etwa, was auf sie zukommen würde. Dadurch erhoffte sie sich einen Vorteil. Das Vertrauen eines Pferdes als Laie zu gewinnen, so dass es einem anschließend folgte, war schwieriger als es sich anhörte.

Mit gemischten Gefühlen lauschte sie den Worten des Trainers, der an diesem Tag der Vortragende war. Nach zwanzig Minuten war klar, was ihre Aufgabe war, und eine diebische Vorfreude erwachte in ihr.

Die nächste Stunde verlief recht amüsant für Meghan, wenn sie nur nicht so gefroren hätte. Dann war sie an der Reihe.

Sie betrat die Reithalle und ging auf den schwarzen Wallach zu, der die Ohren spitzte und seinen Kopf in ihre Richtung drehte. Ihre Augen begegneten sich und es war sensationell. Sie absolvierte die Übung mit Bravour und stapfte erleichtert zu den anderen. Begeistert klopfte ihr der Trainer auf die Schulter. Sie errötete leicht und verließ mit klopfendem Herzen die Reithalle. Niemals würde sie diesen Moment vergessen. Es war, als hätte sie mit dem schönen Wallach auf einer anderen Ebene kommuniziert.

Scott schien ebenso mit Pferden Erfahrung zu haben. Auch er meisterte die Übung tadellos. Es gab anscheinend nichts, was er nicht konnte! Zumindest fühlte Meghan sich in seiner Gegenwart wie ein Tollpatsch, und seinen Blicken nach zu urteilen, hielt er sie auch für eine Chaotin. Wie gern hätte sie Luis von diesem Tag erzählt! Doch schnell verdrängte sie dieses Gefühl wieder. Er gehörte nicht mehr zu ihr, und die Tatsache, dass sie künftig allein klarkommen musste und nicht nur ihren Ehemann, sondern auch ihren besten Freund an eine andere verloren hatte, stimmte sie traurig.

Während die anderen mittags zusammensaßen, kümmerte sie sich um ihre Hündin. Die Übung am Vormittag hatte sie emotional sehr mitgenommen und sie verspürte keine Lust, oberflächliche Gespräche zu führen. Scott würde sicher wieder bei allen prahlen, wie toll er ist, und darauf konnte sie gern verzichten.

Als sie mit Snoopy wieder in ihrem Zimmer war, entledigte sich Meghan ihrer nassen Klamotten. Sie hatte nicht viel Zeit und trotzdem beschloss sie, sich unter einer Dusche mit hoffentlich heißem Wasser aufzuwärmen.

Es war herrlich! Das Wasser prasselte an ihr hinunter und gern hätte sie die nächsten zwei Stunden so verbracht, doch wollte sie nicht wieder unpünktlich sein.

Handys waren während des Seminars eigentlich verboten. Rene hatte darum gebeten, dass jeder sein Smartphone zuhause lassen solle. Meghan nutzte die verbleibende Zeit, um ihre Nachrichten zu checken. Die Anordnung von Rene hatte sie ignoriert, da sie nie ohne ihr Smartphone aus dem Haus ging.

Sie fühlte sich jetzt wesentlich erholter und frischer, als sie in Richtung Reithalle ging. Dieses Mal schien der Rest der Teilnehmer etwas später zu kommen. Nur Scott war bereits am vereinbarten Treffpunkt.

Meghan nickte ihm zu und er musterte sie. Sein Blick blieb an ihren vollen Lippen hängen. Meghan machte das sichtlich nervös. Sie spürte, wie sie auf ihn reagierte. Ihr Herz begann ein bisschen schneller zu klopfen. Unmöglich! Sein Blick wanderte höher und ihre Blicke trafen sich. Die Zeit schien stillzustehen. Danach wanderte sein Blick wieder etwas abwärts und blieb auf ihren Brüsten liegen, die sich unter dem Sweatshirt hoben und senkten, während sie atmete. Ein Lächeln umspielte seine Lippen. Er hatte gemerkt, dass seine Blicke Meghan nicht unberührt ließen.

Von Weitem ertönte das Gekicher der beiden Frauen in Designerjeans und sie wandten sich beide ab. Die jüngere der beiden gesellte sich gleich zu Scott. Ihre Körpersprache verriet deutlich, dass sie Scotts Reizen bereits erlegen war, und so, wie sie sich benahm, konnte man davon ausgehen, dass sie die folgende Nacht nicht in ihrem Bett verbringen würde.

Seltsamerweise ärgerte es Meghan, dass Scott die Nacht vielleicht nicht allein verbringen würde. So ein Schuft!

Sie würde sicherlich nicht auf ihn reinfallen und damit auf einer schier endlosen Liste von Damen landen, die Scott Mc Allister bereits abgeschleppt hatte. Es war ein offenes Geheimnis, dass auf diesen Seminaren nicht nur Höflichkeiten ausgetauscht wurden. Trotzdem beunruhigte Meghan ihre Reaktion auf Scott. Sie hatte genug Probleme!

Kapitel 11

Luis stellte das Wasser in der Dusche ab. Nur mit einem Handtuch bekleidet, ließ er sich auf dem eleganten Sessel aus grünem Samt nieder. Er war den Luxus in den Hotels gewöhnt und deshalb ließ ihn das hochwertige Ambiente in der Suite auch relativ kalt. Ungewöhnlich für ihn war die Größe des Zimmers. Eigentlich hätten hier alle Kollegen des Teams Platz gefunden. Er zog das Handy aus der Jacketttasche und scrollte durch die Nachrichten. Es gab kein Lebenszeichen von Meghan. Er wusste, dass sie hier in Boston war, und die Sehnsucht nach ihr flammte in ihm hoch. Er wollte mit ihr sprechen, damit wieder alles so wie früher wäre. Erst jetzt fiel ihm auf, wie sehr ihre Nähe oder manchmal auch nur ein Gespräch mit ihr beruhigend auf ihn wirkte und wie sehr er sie jetzt gebraucht hätte.

Dennoch konnte er es nicht leugnen: Sosehr er Eves Persönlichkeit verabscheute, so sehr zog sie ihn körperlich an. Angeekelt von sich selbst und verwirrt schüttelte er unmerklich den Kopf. Da half nur ein Drink!

Einige Zeit später und einige Drinks später klopfte jemand gegen seine Tür. Leicht benebelt öffnete Luis die Tür und da stand sein Problem in Lebensgröße. Er spürte, dass er zu viel getrunken hatte und seine Gegenwehr im Sekundentakt schwand. Eve schien ebenso angetrunken zu sein. Ehe er sich's versah, quetschte sie sich an ihm vorbei und positionierte sich auf dem Kingsize-Bett, das mitten im Raum stand. Währenddessen öffnete sie ihren Mantel, unter dem sie einen Hauch von Nichts anhatte. Da war es um ihn geschehen! Die Wirkung des Alkohols ließ jegliche Vernunft schwinden.

Die Sonne ging bereits auf, als Eve aus dem Zimmer verschwand. Wieder umspiegelte ein zufriedenes Lächeln ihr Gesicht. Sie bekam immer das, was sie wollte!

Luis hingegen starrte an die Decke. Er bereute, was er getan hatte. Es war wie verhext! Er konnte dieser Frau nicht widerstehen. Er wusste, dass er keine Gefühle für sie hatte und sie auch kein Interesse an Gefühlen hatte. Sie wollte nur Sex. Fast erschien es ihm, dass sie das als ein Spiel verstand und die Männer in ihrem Leben nur Spielfiguren auf einem Spielbrett oder in ihrem Bett waren. Er dachte an Nathan und plötzlich kannte er die Wahrheit. Doch jetzt ging es nicht um ihn, sondern um Meghan. Er war mit dem Willen nach Boston gekommen, um sie um Verzeihung zu bitten. Sie war es, mit der er sein Leben verbringen wollte. Doch wie sollte er ihr beichten, dass er sie betrogen hatte – nicht nur einmal!

Eve unterließ es glücklicherweise beim Frühstück, irgendwelche anzüglichen Bemerkungen zu machen. Erleichtert nahm er neben Nathan Platz.

Nach dem Frühstück fuhren sie gemeinsam in die Firma. Sie hatten gestern schon einiges erreicht. Doch erst heute würde sich herausstellen, ob es funktionierte. Während der eine Teil des Teams daran arbeitete, dass das Sicherheitsleck geschlossen wurde, waren Nathan und er dafür zuständig, den Hacker zu finden. Sie arbeiteten beide auf Hochtouren, und erst als sich der Zeiger auf die Zwei schob, beschlossen sie, eine Pause einzulegen.

Eve stand bereits an der Tür zum Fahrstuhl und Luis fürchtete, dass es zu einem Eklat zwischen Nathan und ihm kommen würde, wenn rauskam, dass er ein weiteres Mal mit Eve geschlafen hatte. Am liebsten hätte er die Treppe genommen, verzichtete aber darauf, elf Stockwerke nach unten zu laufen. Er warf Eve einen misstrauischen Blick zu, als sie direkt vor ihr standen. Doch sie nahm beide gar nicht wahr. Ungeniert flirtete sie mit einem Mann, der ebenfalls auf den Fahrstuhl wartete. Nathan zog eine Grimasse, als er sie sah. Luis tat Nathan leid. Er wusste jetzt, dass Nathan der Einzige war, der diese Frau wirklich liebte, aber sich auf eine einmalige Geschichte mit ihr nicht eingelassen hatte. Deshalb behandelte sie ihn wie Luft und versuchte ihm zu schaden, wann immer sie konnte. Jetzt fühlte sich Luis noch mieser als vorher. Er hatte nicht nur Meghan verletzt. Nathan war sein Freund und er hatte zu spät erkannt, dass er auch ihn verletzt hatte. Wenn Nathan erfuhr, was gestern Nacht geschehen war, konnte Luis die Freundschaft begraben.

Sie gingen in die Cafeteria, die sich im Erdgeschoss befand, und ein weiteres Mal trauten sie ihren Augen kaum. Die Cafeteria für Mitarbeiter glich einem Restaurant, das spielend mit einem dieser teuren Insiderläden hätte mithalten können. Es gab keine Tabletts, mit denen man sich sein Essen selbst holen musste. Die Menüauswahl war übersichtlich, jedoch sprachen die angebotenen Speisen eine exquisite Sprache. Luis vermied das Thema Eve. Er würde alles dafür tun, damit sein Geheimnis ein Geheimnis blieb.

Im selben Moment beschloss er in stiller Übereinkunft mit sich selbst, dass auch Meghan niemals davon erfahren sollte. Sie besprachen die weitere Vorgehensweise und Luis war sichtlich erleichtert, dass Eve an einem anderen Tisch Platz genommen hatte. Sie dinierte mit ihrem Fahrstuhlflirt. Es verletzte seinen Stolz, dass sie letzte Nacht noch in seinem Bett gelegen hatte und schon wieder ein neues Opfer gefunden hatte, das sichtlich interessiert war. Es war die Art und Weise, wie er Eve ansah und damit sein eigenes Ego stimulierte wie ein wildes Tier.

Schnell raus hier! Luis bestellte die Rechnung und bugsierte Nathan so schnell wie möglich aus dem Lokal. Er sollte nicht sehen, dass ein weiterer Kandidat Eves Liste erweitern würde. Er wusste, dass es mit ihr kein weiteres Mal geben durfte, und dennoch wünschte sich ein Teil von ihm, dass Eve heute Nacht wieder vor seiner Tür stehen sollte. Es war verrückt! Ein anderer Teil in ihm sehnte sich nach Meghan. Ihre Welt war so heil gewesen.

Doch es beunruhigte ihn, dass er noch immer nichts von ihr gehört hatte. Schlagartig erhellten sich seine Gesichtszüge. Er hatte einen Plan!

Kapitel 12

Der nächste Morgen verlief ohne feuchte Zwischenfälle und Meghan fing an, sich zunehmend zu entspannen. Sie genoss die Gesellschaft von Snoopy. Es tröstete sie, dass es etwas gab, dessen Zuneigung ihr zu jeder Zeit sicher war. Ihre Hündin würde sie niemals verlassen geschweige betrügen. Innerlich hoffte sie, dass es auch heute eine Aufgabe geben würde, die direkt mit Pferden zu tun hatte. Ein Blick genügte, um festzustellen, dass Luis sich nicht gemeldet hatte, und sie spürte, wie ihr Kampfgeist für die Liebe ihres Lebens zu schwinden begann. Obwohl es erst am Morgen war, fühlte sie eine seltsame Müdigkeit, die nicht von einem Schlafmangel herrührte. Ihre Ehe war geprägt von Höhen und Tiefen. War jetzt der Punkt erreicht, an dem man für immer Leb wohl sagt?

Meghan schob ihre Gedanken an ihre Ehe auf die Seite. Sie hatte viel investiert für dieses Seminar und jetzt war nicht der Zeitpunkt, ihrer Ehe hinterherzutrauern. Zu ihrer Enttäuschung stand heute ein Vortrag auf dem Programm. Schon nach kurzer Zeit merkte sie, dass sie absolut unpassend gekleidet war. Scott musterte sie etwas belustigt, als sie bereits nach einer halben Stunde den dicken Wollpullover auszog. Sie glühte und ihr Gesicht war hochrot. Als sie aufstand, um die Fenster zu öffnen, musterte sie der Gastredner erstaunt. Die entrüsteten Blicke der anderen Teilnehmer ignorierte sie. Sie fühlte sich, als würde sie innerlich brennen. Unruhig rutschte sie auf ihrem Sessel hin und her. Der Blick auf ihre Uhr bestätigte, dass sie noch neunzig Minuten über sich ergehen lassen musste. War den anderen nicht auch zu heiß?

Rene schien nicht entgangen zu sein, dass Meghan sich unwohl fühlte. Auch Scott fiel auf, dass sie Schwierigkeiten hatte, sich zu konzentrieren. Bisher galt sie als sehr zielstrebig. Noch 20 Minuten! Es kostete Meghan viel Überwindung, nicht hinauszustürmen. Doch endlich war es geschafft. Während der Redner seine Unterlagen sortierte und Material verteilte, nutzte sie die Gelegenheit und ergriff die Flucht. Das aufgebaute Büfett ließ sie unbeachtet und steuerte auf die Treppe zu. Meghan fühlte sich so elend, dass sie nicht einmal die Rufe von Rene mitbekam.

Oben angekommen begrüßte Snoopy sie, die ihren gewohnten Freudentanz aufführte. Ein winziges Schläfchen würde ihr jetzt guttun! Sie legte sich auf ihr Bett und die Hündin kuschelte sich erfreut neben sie. Während sie die Hündin kraulte, schloss sie die Augen. Was war nur los mit ihr?

Ein Hämmern an der Tür riss Meghan aus dem Schlaf. Verwirrt blickte sie zur Tür. Ihr Kopf dröhnte und sie fühlte sich elend. Das Hämmern an der Tür schmerzte in ihrem Kopf und sie rappelte sich hoch.

Während sie auf die knurrende Snoopy einredete, öffnete sie die Zimmertür. Rene und Scott musterten sie mit einem prüfenden Blick, und ehe sie sich's versah, wurde sie ins Bett gebracht. Rene eilte nach unten, um ihr Tee zu besorgen. Scott hatte die Hand fachmännisch auf ihre Stirn gelegt und tastete danach ihren Hals ab. Etwas in ihr wehrte sich dagegen, aber sie fühlte sich schwach und elend. Sie murmelte etwas vor sich hin und fiel dann in einen tiefen Schlaf. Während sie in ihren Träumen auf dem schönen Pferd Snoopy hinterherjagte, hatte das Fieber sie voll im Griff. Rene hatte mittlerweile den Tee und die Arzttasche von Scott gebracht. Scott, der seine Notfalltasche immer dabeihatte, behandelte die Entzündung im Hals und verabreichte ihr eine Spritze, die das Fieber senken würde.

Im Wechsel sahen er und Rene nach Meghan, wobei Scott im Gegensatz zu Rene das Seminar längst abgeschrieben hatte. Diese zarte und dennoch starke Frau zog ihn magisch an. Jedoch entsprach sie überhaupt nicht seinem Beuteschema. Starke Frauen empfand er persönlich als anstrengend. Sie stellten schnell Ansprüche an ihn, die er nicht bereit war zu geben. Doch bei ihr erwachte in ihm der Beschützerinstinkt. Er betrachtete ihr hübsches Gesicht. Zu gern hätte er diese vollen Lippen geküsst, doch sie war verheiratet und das bedeutete Ärger. Schnell bemühte er sich, ihr Zimmer zu verlassen. Ihre Nähe richtete in ihm Chaos an.

Die Tür zum Seminarraum war bereits wieder geschlossen. Scott hob die Hand, um höflich zu klopfen. Unvermittelt hielt er inne, drehte sich auf dem Absatz um und eilte wieder die Treppe nach oben. Er war Arzt und hatte mit Rene eine Absprache. Egal, wie schwer es ihm fiel, seine Gefühle für Meghan im Zaum zu halten – kneifen galt nicht! Als er die Türklinke betätigte, hörte er das bedrohliche Knurren der Hündin. Etwas in ihm ließ ihn kurz erstarren. Es kostete ihn Überwindung, die Tür zu öffnen. Seine Erfahrungen mit Hunden waren gleich null und ihr Hund wirkte auf Scott nicht ungefährlich. Auf jeden Fall schien Meghan einen guten Beschützer zu haben.

Als Snoopy Scott erkannte, hörte sie auf zu knurren, ließ ihn aber keine Sekunde aus den Augen. Vorsichtig legte er seine Hand auf ihre Stirn und stellte erleichtert fest, dass die Medikamente Wirkung zeigten. Das Fieber war etwas gesunken. Ihre Klamotten, die sie noch trug, waren durchtränkt mit ihrem Schweiß. Sie sollte etwas Trockenes anziehen. Doch wie in Gottes Namen sollte er das anstellen? Er schrieb Rene eine Nachricht und wartete geduldig. Als Arzt sah er jeden Tag nackte Frauen und Männer. Doch bei ihr war das etwas anderes. Er kannte seinen Ruf als Frauenheld und fand das nicht verwerflich. Jedoch störte es ihn, wenn Meghan ihn in die Schublade des skrupellosen Frauenhelden steckte.

Der alte Biedermeiersessel war chic, aber unbequem. Er platzierte sich neben sie auf dem Doppelbett unter den wachsamen Augen des Hundes, der gar nicht daran dachte, etwas Platz zu machen. Schon besser! Danach griff er zu einem der Bücher, die auf dem Nachttisch daneben lagen, und überflog die ersten Seiten. Auf dem Umschlag stand eine Widmung, die schon etwas verblasst war. »In Liebe, Luis«, entzifferte Scott. Mit einem verächtlichen Blick legte er es schnell auf die Seite. Wo war denn der tolle Luis? Er, Scott, war hier und nicht Luis!

Die Nacht war längst hereingebrochen und der Mond stand hoch am Himmel. Plötzlich schreckte Meghan hoch. Oh Gott! Wie lange hatte sie geschlafen? Erstaunt betrachtete sie die Hündin, die friedlich schlafend neben ihr lag. Panisch suchte sie den Boden nach Hinterlassenschaften ihres Hundes ab. Wie war das möglich? Mit einem spitzen Schrei hüpfte sie aus dem Bett. Jemand lag neben ihr!

Mutig riff sie nach dem Lampenschirm auf dem Nachttisch. Na warte! Als sie schon zuschlagen wollte, hielt jemand ihre Faust fest. Scott! Was hatte dieser Typ in ihrem Bett zu suchen! Sie wusste, dass er ein Frauenheld war. Jedoch hätte sie ihn nie für so dreist eingeschätzt. Bevor Meghan zur Tür hinausstürmen konnte, hatte Scott sie eingeholt. Gerade als sie ansetzen wollte, ihm gehörig die Meinung zu sagen, spürte sie, wie ihre Beine weich wurden und sich der Raum zu drehen begann. Erschöpft sank sie in seine Arme. Snoopy warf sie einen vorwurfsvollen Blick zu. Was für ein Wachhund!

Scott beeilte sich, das Missverständnis aufzuklären. Er sprach ruhig, aber bestimmt. Erst als er merkte, dass sie sich beruhigte, atmete er erleichtert auf. Wie schön sie war, trotz der Zornfalte auf ihrer Stirn, die sich gerade eben glättete.

Die Erkältung hatte ihr mächtig zugesetzt.

Seltsamerweise rührte sie die Art und Weise, wie Scott sich um sie kümmerte. Er war doch nicht so oberflächlich, wie es zunächst schien. Meghans Blick glitt über seinen nackten Oberkörper und plötzlich verstand sie die Frauen. Er war perfekt! Sie vergrub ihr Gesicht in ihrem Kissen. Nein, nicht er! Eine Affäre mit diesem Frauenhelden, wie er es war, konnte sie jetzt nicht brauchen.

Scott berichtete ihr von den Ereignissen in den letzten Stunden. Gemeinsam mit Rene hatte er sich um Snoopy gekümmert und sie betreut. Als Beweis zeigte er ihr den Nachrichtenverlauf in WhatsApp und deutete auf die Hundeschüssel mit den Resten von Snoopys Futter. Meghan musste schmunzeln, als sie sich bildlich vorstellte, wie Rene und er sich um die Hündin kümmerten. Ihre Reaktion blieb nicht unbemerkt und Scott wirkte leicht gekränkt. Stolz erzählte er, wie gut er mit ihrem Hund zurechtgekommen war.

Es klopfte an der Tür. Rene kam mit einer Tasse Tee herein und stellte sie auf dem kleinen Nachttisch neben ihr ab. Erstaunt betrachtete er den nackten Oberkörper von Scott. Oje! Der Blick von Rene! Das war nicht gut!

Gequält schloss Meghan die Augen. Das Desaster war perfekt!

Kapitel 13

Nathan betrachtete seinen Freund von der Seite. Schon seit dem frühen Morgen arbeitete Luis konzentriert. Was war geschehen? So gutgelaunt hatte er ihn schon lange nicht mehr erlebt. Lag es an Eve? Diese Frau war gefährlich! Sie konnte Luis schaden. Seine Miene verfinsterte sich, als er daran dachte, wie das Leben seines Freundes den Bach runtergehen würde, wenn er nicht die Finger von ihr lassen würde.

Er wusste, was sie getan hatte, und es würde nicht mehr lange dauern, bis die Bombe platzen würde. Doch zuerst musste er seinen Freund in Sicherheit bringen. Nathan ahnte nicht, dass Luis Eve ein weiteres Mal nicht widerstehen hatte können.

Luis stieß ein gepresstes Mama-Mia neben ihm aus und schlug entsetzt die Hände vor sein Gesicht. Danach starrte er mit versteinerter Miene auf den Bildschirm. Nathan ahnte, worauf Luis gestoßen war. Er hatte es gestern bereits entdeckt und nur aus Rücksicht geschwiegen.

Luis sog die Luft tief ein. In seinem Kopf drehte sich alles. Vor wenigen Minuten hatte er das Büro verlassen, und wenn es nach ihm ginge, wollte er am liebsten nie wieder dorthin zurück. Wie konnte sie das tun? Sie hatte die ganze Abteilung verraten! Plötzlich verstand er, wie dumm es war, sich auf sie einzulassen, und er realisierte, dass sie gerade dabei war, sein Leben zu zerstören. Er leitete diese Abteilung, und alles deutete auf ihn hin. Wie sollte er beweisen, dass er mit dieser Sache nichts zu tun hatte? Sie war das Leck in der Firma und nur der liebe Gott wusste, wer noch.

Jedoch war die Spur so gelegt worden, dass er augenscheinlich der Initiator des Datendiebstahls war. Verzweifelt dachte er an Meghan. Die Sehnsucht nach ihr schmerzte so sehr, dass er beschloss, zu ihr zu fahren. Fast fluchtartig verließ er das imposante Firmengebäude. Er winkte ein Taxi herbei. Egal was passieren würde, er würde seinen Plan in die Tat umsetzen.

Die Fahrt dauerte eine gefühlte Ewigkeit. Er wies den Fahrer an zu warten. Die freundliche Dame am Empfang gab ihm auf sein Drängen, unter Einsatz seines Charmes, die Zimmernummer von Meghan. Luis war sportlich und benutzte nur selten den Lift. Er spürte eine freudige Aufregung, die von Stufe zu Stufe stärker wurde.

Beschwingt öffnete er die Zwischentür, die zu den Zimmern führte. Er ging den Gang entlang, als eine Zimmertür geöffnet wurde und ein Mann mit zerzausten Haaren aus dem Raum kam. Sein Hemd hatte er nicht zugeknöpft und es war offensichtlich, was er getan hatte. Luis quittierte sein schiefes Grinsen mit einem grimmigen Nicken. Er blieb stehen, da er nicht wollte, dass jemand sah, dass er zu Meghan wollte. Er hatte ihr genug angetan. Also tat er so, als würde er auf jemand warten, bis der Mann mit den zerzausten Haaren verschwunden war. Danach ging er zielstrebig weiter. Überrascht weiteten sich seine Augen. Er spürte, wie sämtliche Farbe aus seinem Gesicht wich. Der Mann war aus ihrem Zimmer gekommen! Eifersucht stieg in ihm hoch. Wütend machte er auf dem Absatz kehrt und verließ mit schnellen Schritten das Hotel. Seine Welt war aus den Fugen geraten und jetzt hatte er Meghan an einen anderen verloren. Sie hatte ihn anscheinend schon vergessen und ihre Ehe abgeschrieben.

Er hatte geplant, dass er sich mit ihr versöhnen wollte, und jetzt das! Luis war außer sich. Es schien, als hätte sich auch privat die Welt gegen ihn verschworen. Dieser Kerl sah verdammt gut aus. Wie sollte er mit ihm konkurrieren können?

Sein verletzter Stolz machte sich bemerkbar, und er fing an, den Unbekannten zu hassen. Wie konnte er es wagen! Meghan war seine Frau! Nur zu gern hätte Luis in einer dieser Kneipen Platz genommen und sich einige Drinks genehmigt. Er wies den Fahrer an, ihn im Hotel abzusetzen. Sich im Hotel zu betrinken, war wesentlich ungefährlicher.

Er stieg aus mit dem festen Willen, sich heute volllaufen zu lassen. Widerwillig nahm er Nathans Anruf an, obwohl er von dieser Firma nichts mehr hören wollte. Sein Verstand sagte ihm, dass er dringend die Schulter eines

Freundes brauchte. Zwangsläufig ließ er sich überreden, in die Firma zurückzukehren.

Als er dort ankam, erwartete ihn Nathan schon. Ein Mann stand neben ihm, den Luis nur wenig kannte. Das konnte ja heiter werden!

Zwei Stunden später konnte Luis sein Glück kaum fassen. Der Unbekannte und Nathan hatten mit ihm einen Weg gefunden, seine Unschuld zu beweisen. Sie betraten das Firmengebäude mit der Gewissheit, dass die nächsten Stunden nicht einfach werden würden. Eve war gerissen und hatte diesen Plan sicher nicht allein ausgeheckt. Es widerstrebte Luis, sie zu umgarnen, aber er wusste, dass es keine andere Möglichkeit gab. Er musste in ihre Suite!

Kapitel 14

Meghan fühlte sich noch ziemlich schwach und hatte deshalb auch nicht widersprochen, als Rene und Scott ihr gegen ihren Protest Bettruhe verordneten. Das Fieber und die Ereignisse führten dazu, dass sie einschlief, nachdem Scott ihr Zimmer verlassen hatte.

Entsetzt fuhr sie hoch. Huch! Was war das nur für ein Traum gewesen? Scott und sie küssten und liebten sich! Never! Ever! Niemals! Das durfte nicht geschehen, obwohl sie zugeben musste, dass Scott sie körperlich anzog und sie insgeheim seine Gesellschaft vermisste. Meghan versuchte, sich einzureden, dass die Erkältung die Erklärung für ihre Gefühle war. Sie ahnte nicht, dass Luis hier gewesen war.

Erst jetzt merkte sie, dass die Hündin nicht an ihrem Platz war. Hoffentlich benahm sich Snoopy. Innerlich hoffte sie darauf, dass Scott Snoopy zurückbringen würde. Sie fühlte sich schwach, hasste es aber, untätig im Bett zu liegen. Sie schloss die Augen und döste etwas, als die Tür aufging. Snoopy stürmte herein, sprang auf das Bett und bedeckte ihr Gesicht mit Hundeküssen. Etwas enttäuscht erkannte sie Rene, der mit hochrotem Kopf vor ihr stand. Man merkte ihm die Anstrengung an und Meghan nahm sich innerlich vor, die Betreuung von Snoopy wieder selbst zu übernehmen.

Rene war gerade gegangen, als Scott mit einem Tablett hereinkam. Während die Hündin zufrieden auf ihrem Platz an ihrem Knochen kaute, erzählte Scott ihr vom Seminar. Er trug zu Meghans Erstaunen Reithosen. Sie hätte sich nie vorgestellt, dass der selbstverliebte Typ reiten würde. Schon am ersten Tag in der Reithalle war ihr aufgefallen, dass er einen guten Draht zu Pferden besaß. Verstohlen musterte sie ihn. Mit einem Mal wirkte er gar nicht mehr arrogant und oberflächlich. Mit glänzenden Augen erzählte er ihr vom heutigen Vormittag.

Sie hatte längst zu Ende gegessen und noch immer saß er auf ihrem Bett. Sie unterhielten sich angeregt, als Meghans Blick auf die Uhr an ihrem Handgelenk fiel. Der zweite Teil des Seminars hatte längst begonnen. Doch Scott machte überhaupt keinen Anstalten aufzustehen. Bald war das Seminar vergessen. Er war ein hervorragender Unterhalter und Meghan fühlte sich seit langer Zeit wieder glücklich. Entspannt lag sie in ihrer Leggings und einem T-Shirt, eingewickelt in ihre Decke, in ihrem Bett.

Scott verbrachte den ganzen Nachmittag bei ihr. Erst kurz vor dem Abendessen stand er auf, strich ihr über den Kopf und ging hinaus. Sobald er sie berührte, sehnte sie sich nach mehr, und Meghan verstand ein weiteres Mal die Frauen, die ihm nicht widerstehen konnten. Er war anders, als sie vermutet hatte, und das gefiel ihr sehr. Sie wusste, dass es keinen Sinn ergab, doch trotzdem war sie verliebt – auch wenn ihre Liebe keine Chance hatte.

Mit diesem Gedanken ging sie unter die Dusche. Immer wieder tauchte das Bild des Mannes vor ihr auf, der mit nacktem Oberkörper vor ihr stand. Entschlossen schob sie diesen verbotenen Gedanken weg. Sie würde nicht mit ihm schlafen. Auf dem Papier war sie die Ehefrau von Luis und nichts war geklärt. Würde er sich melden oder überließ er das seinen Anwälten?

Nur mit einem Handtuch umwickelt verließ sie das Bad. Sie fühlte sich etwas besser. Die Lebensgeister schienen zurückzukehren. Morgen war der letzte Tag. Mit einem Buch kuschelte sie sich wieder in ihr Bett. Das Handtuch hatte sie gegen einen Jogginganzug getauscht.

Rene brachte ihr wenig später das Abendessen und gab ihr einige Skripte. Bedauerlicherweise hatte sie das Seminar verpasst. Dennoch überreichte er ihr mit einem Lächeln die Urkunde. Meghan sträubte sich, ließ sich aber dann überreden. Es erfüllte sie mit Wehmut, krank im Bett zu liegen. Gern hätte sie mehr Zeit mit diesen schönen Tieren verbracht.

Rene schickte sich gerade an, die Tür von außen zu schließen, als er sich nach Luis erkundigte. Meghan reagierte überrascht, und endlich platzte er damit heraus, dass Scott ihren Mann gesehen habe. Rene spürte sofort, wie Meghan angestrengt nachdachte. Schnell verschwand er. Hatte er etwas Falsches gesagt?

In Meghans Kopf ratterte es. Sollte Luis hier gewesen sein, ohne sich bei ihr zu melden? Sie spürte diesen Stich in der Herzgegend und kämpfte gegen die Tränen an. Woher wusste Scott, wie Luis aussah? Sie verstand die Welt nicht mehr und beschloss, Scott zur Rede zu stellen. Niemand wusste hier, dass sie sich von Luis getrennt hatte, und sie wollte um keinen Preis ihr Privatleben im Kollegenkreis breittreten. Sie befand sich in einer Zwickmühle. Was sollte sie tun? Die Skripte lenkten sie ab und Meghan beruhigte sich etwas. Hatte Scott mit Absicht das Auftauchen von Luis verschwiegen?

Es fiel ihr schwer, sich zu konzentrieren. Immer wieder wanderten ihre Gedanken zu dem Mann, der sie magisch anzog. Luis war ein Teil ihres Lebens gewesen. Erst jetzt begriff sie, dass die Trennung unausweichlich war. Es war zu viel passiert. Sein Seitensprung war nicht akzeptabel und besiegelte augenscheinlich auch seine Gefühlslage. Wenn sie daran dachte, in die Wilson Road zurückzukehren, empfand sie eine Mischung aus Freude und Wehmut. Das Haus barg so viele Erinnerungen. Seit elf Jahren gehörte es der Familie Collin. Meghan liebte dieses Haus und war damals überglücklich gewesen, dass sie es nach dem Brand zurückkaufen konnten. Von dem Haus am See war nichts übrig geblieben und das Grundstück mittlerweile verkauft. Die Brandursache war ein technischer Defekt gewesen. Dieser Schicksalsschlag bestätigte einmal mehr, dass sie in die Wilson Road gehörte – für immer und ewig!

Am nächsten Morgen lief Meghan geradewegs in Scott hinein, als sie ihre Tür öffnete, um mit Snoopy eine letzte Runde zu drehen. Überrascht zog er die Augenbrauen hoch, als ihm ihre Jacke auffiel. Er lächelte sie an, doch sie erwiderte es nicht. Stattdessen starrte sie ihn finster an. Sie blickte zu Boden und versuchte sich an ihm vorbeizudrängen. Doch er hielt sie an den Schultern fest und zwang sie, ihn anzusehen. Sie spürte, wie ihre Gegenwehr geringer wurde. Mit dem Finger zeichnete er ihre Lippen nach, bevor dieser langsam an ihrem Kinn hinunterwanderte bis zu der Stelle zwischen ihren Brüsten. Danach zog er sie an sich und küsste sie. Sie spürte das Feuerwerk, das zwischen ihnen tobte. Mit letzter Kraft riss sie sich los und rannte mit Snoopy die Treppe hinab. Erst bei den Fahrstühlen im Erdgeschoss kam sie keuchend zum Stehen. Fast hätte Meghan das Abschiedstreffen verpasst – wieder mal!

In letzter Minute reihte sie sich in die Gruppe ein, die sich gerade für ein letztes Foto aufstellte. Rene sprach noch ein paar Worte zum Abschied und verwies auf das nächste Seminar. Noch eine letzte Umarmung und dann hatte sie es geschafft.

Meghan beeilte sich, ihr Gepäck im Wagen zu verstauen. Auf keinen Fall wollte sie Scott noch einmal begegnen. Das Seminar hatte sie ablenken sollen. Das Ergebnis fiel anders aus als gedacht. Scott hatte sie völlig aus der Fassung gebracht.

Snoopy schien zu spüren, dass mit ihr etwas nicht stimmte, und sprang ohne Wenn und Aber auf die Rücksitzbank. Nur weg von hier!

Kapitel 15

Erleichtert bog Meghan in die Straße, die zu ihrem Haus führte. Snoopy hatte sich aufgesetzt, spitzte die Ohren und stieß ein ohrenbetäubendes Jaulen aus. Die Fahrt war ohne Zwischenfälle verlaufen. Jedoch war Meghan bewusst, dass sie der Hündin einiges zugemutet hatte. Ohne Pause war sie zurückgefahren. Entschuldigend streichelte sie mit der rechten Hand über Snoopys Fell, während sie den Jeep vor der Garage parkte. Schnell befreite sie die Hündin von den Gurten und öffnete die Tür.

Während Snoopy einen Freudentanz aufführte und Meghan das Gepäck aus dem Wagen holte, näherte sich von hinten Sue. Meghan schrak zusammen, als die Freundin sie ansprach. Gemeinsam gingen sie in das Haus.

Auf der einen Seite verspürte sie nicht die geringste Lust, Sue einzuweihen. Sie liebte dieses Haus und dennoch erinnerte sie jeder Winkel an Luis. Schon während der Rückfahrt graute ihr vor diesem Augenblick mit nur einem Schritt wieder mit dem Schmerz der Vergangenheit konfrontiert zu werden. Das Haus aufgeben war trotzdem keine Option. Kampflustig schob sich ihr Kinn nach vorn – niemals!

Innerlich dankte sie Sue für die Ablenkung. Nach fast zwei Stunden war sie über alle Vorkommnisse in der

Wilson Street informiert. Die Freundin erzählte ohne Punkt und Komma. Schmunzelnd lauschte Meghan den Geschichten. Wie schaffte es Sue nur, so schnell zu sprechen und gleichzeitig zu atmen? Snoopy schien dies nicht zu stören. Ausgestreckt lag sie in ihrem Hundebett und döste vor sich hin. Die Reise war anstrengend für sie gewesen. Sie hatte eine Menge neuer Eindrücke zu verarbeiten. Doch auch für Meghan war die Reise nicht wie geplant verlaufen. Gern hätte sie Sue ihr Herz ausgeschüttet, doch es war zu früh. Ihre Gedanken wanderten zu Scott und sie spürte wieder dieses Kribbeln in sich. Fast zeitgleich erschien das vorwurfsvolle Gesicht von Luis vor ihr. Oh Gott! Sie hatte ein schlechtes Gewissen ihm gegenüber. Dabei war er es, der sie betrogen hatte. Meghan wurde aus ihren Gedanken gerissen, als Sue mit ihrer Hand vor ihrem Gesicht herumwedelte und dabei das Wort Hallo schon zum dritten Mal wiederholte. Schnell beeilte sich Meghan, die schmollende Freundin zu beruhigen.

Sue war nicht entgangen, dass Meghan etwas zu beschäftigen schien. Sie kannte Luis nicht näher und auch Meghan schien ein ewiges Rätsel zu sein. Ihr war bewusst, dass ihr Ruf ihr vorauseilte. Doch bei Meghan war das anders. Sie mochte die zurückhaltende Frau mit dem seltsamen Beruf. Die Tatsache, dass ihr Mann sie mit einer anderen betrog, hatte sie nur noch bestärkt, ihr zur Seite zu stehen – auch wenn sie diesen Hund nicht ausstehen konnte! Angewidert betrachtete sie die Spuren, die Snoopy im Haus hinterlassen hatte. Wie hielt Meghan das aus? Gleichzeitig verstand sie aber auch, dass der Hund für sie ein großes Trostpflaster war.

Die Sonne ging bereits unter, als Sue zu Meghans Erleichterung endlich aufstand. Endlich allein! Erschöpft ließ sie sich auf das Sofa fallen und schlief sofort ein. Erst Stunden später erwachte sie durch die Kälte, die sich mittlerweile durch den Raum zog.

Noch ziemlich verschlafen entzündete sie ein Feuer im Kamin und kuschelte sich unter die Decke mit den Rentieren – ein Geschenk der Mädchen! Sie verspürte keine Lust, in ihr Schlafzimmer zu gehen. Seit der Trennung von Luis hatte das bequeme Bett seinen Reiz für sie verloren. Stattdessen fühlte sie sich dort einsam und verlassen. Es war, als würde ein wichtiger Teil fehlen. Es folgte eine weitere Nacht, in der Meghan es vorzog, auf dem Sofa zu schlafen.

Am nächsten Morgen packte sie ihre Koffer aus und gebar eine Idee. Sie war Coach und ihr Verstand und ihr Fachwissen suggerierten ihr, dass eine Veränderung unumgänglich war, damit sie mit ihrer Ehe abschließen konnte. Die nächsten Stunden verbrachte sie damit, Möbel in die Mitte des Raumes zu zerren, während Snoopy im Garten tobte.

Nachmittags besuchte sie das Geschäft der Dobsens. Fest entschlossen betrat sie den Laden.

Nach einer gefühlten Ewigkeit verließ Meghan das Geschäft. Mr. Dobsen Junior lud einige Eimer und Pinsel in den Kofferraum des Jeeps. Fast beschwingt stieg sie ein. Die mitleidigen Blicke von Mrs Dobson hatte sie erfolgreich ignoriert. Sie lebte in einer Kleinstadt und daher war es nicht verwunderlich, dass sich ihre Trennung schnell herumgesprochen hatte. Verstecken vor den Reaktionen einer Kleinstadt wie Westside konnte und wollte sie nicht!

Das Haus in der Wilson Road verwandelte sich in eine Baustelle. Überall standen Eimer, die alte Holzleiter und Möbel, abgedeckt mit Folie. Meghan strich die Wände des ehemaligen Schlafzimmers, als es an der Tür klingelte. Ihr Gehirn ratterte. Hatte sie einen Termin übersehen? Weder das Haus noch sie selbst waren salonfähig. Sie trug eine alte Jeans, die bereits einige Farbflecken zierten. Dazu ein altes T-Shirt, das ihr um zwei Nummern zu groß war und ebenfalls mit Farbe beschmiert war. Dennoch öffnete sie die Tür und erstarrte. Luis stand vor ihr! Sie schnappte kurz nach Luft, suchte verzweifelt nach den richtigen Worten und entschied sich für ein kurzes Hallo. Ihr Herz pochte bis zum Hals. Schweigend musterte er sie von Kopf bis Fuß. Seine Lippen verzogen sich zu einem Schmunzeln, und dann passierte es.

Snoopy stürmte durch die Terrassentür in das Wohnzimmer und raste, ohne auf etwas zu achten, auf Luis zu. Dabei stieß sie die beiden geöffneten Eimer um. Meghan stürmte in Richtung der kippenden Farbkübel, verhedderte sich in der Folie, die rumlag, und landete unsanft mit einem platschenden Geräusch in der Farbe, die mittlerweile ausgelaufen war.

Entsetzt erstarrte sie! Oh nein! Luis und Snoopy standen noch immer an der Tür, während Meghan sich aufrappelte. Ihr Blick wanderte zu ihrem T-Shirt, weiter zu ihrer Jeans, die jetzt cappuccinofarben waren. Wütend über sich selbst verengten sich ihre Augen, während sie den Raum nach Snoopy absuchte. Luis stand noch immer schmunzelnd in der Tür. Die Hündin schmiegte sich schutzsuchend an sein Hosenbein. Wütend stapfte Meghan an beiden vorbei in Richtung Gästedusche.

Erst unter der Dusche begriff Meghan, dass Luis im Haus war und sie sich vor ihm blamiert hatte. Ihr Vorhaben, cool und gelassen zu sein, sobald sie ihm wieder begegnen würde, hatte sich in Luft aufgelöst.

Es dauerte eine Weile, bis sie die Farbe von ihrer Haut geschrubbt hatte. Sie schlüpfte in eine Leggings und ein Sweatshirt, das sie in der Kommode vor Ewigkeiten verstaut hatte. Wie sollte sie sich verhalten?

Innerlich wünschte sich Meghan, dass Luis gegangen war, während sie duschte. Weder ihr Fachwissen noch ihre weibliche Intuition halfen ihr in dieser Situation. Während ein Teil ihres Gehirns mit der Vorstellung liebäugelte, dass er wieder zurückkam, bäumte sich ein anderer Teil in ihr gegen diese Vorstellung auf. Er hatte sie verraten! Dann gab es noch einen Teil ihres Gehirns, der darauf plädierte, dass er nicht hier war, um sich zu versöhnen. Meghan versuchte, sich Worte zurechtzulegen, als sie sich dem Wohnzimmer näherte. Wo war er? Sie spürte, wie die Wut in ihr hochkochte.

Dann entdeckte sie ihn! Noch immer mit Hemd und Krawatte, aber nur in seinen Boxershorts kniete er auf dem Dielenboden und bearbeitete diesen mit Lappen und Wasser. Meghan konnte nicht anders und stieß ein prustendes Lachen aus. Er sah zu komisch aus! Schnell duckte sie sich, als ein Lappen nach ihr geworfen wurde. Sie schnappte sich die Zewarolle und warf sie Richtung Luis. Eine Zeitlang alberten sie wie kleine Kinder herum. Snoopy bellte aufgeregt und wedelte mit dem Schwanz. Meghan stoppte sie gerade noch rechtzeitig. Gekonnt sprang Luis schnell auf. Ihr Herz pochte, während sie ihn betrachtete. Schnell verbannte sie die Gedanken aus ihrem Kopf, die sich rücksichtslos ihren Weg in ihr Bewusstsein und ihr Herz bahnten.

Mit einem Stapel von Lappen und einem frischen Eimer Wasser kehrte sie aus der Küche, in die sie geflüchtet war, zurück zu Luis. Gemeinsam reinigten sie den Boden unter den schuldbewussten Blicken Snoopys.

Die Nacht war längst hereingebrochen, als sie fertig waren. Luis schien keine Eile zu haben. Wie selbstverständlich ging er in die Küche und kam mit zwei Bechern

Kaffee zurück. Die Spannung knisterte zwischen ihnen. Meghan versuchte, sich dagegen zu wehren. Er musste gehen, bevor es zu spät war. Doch ihre gute Erziehung machte ihr einen Strich durch die Rechnung. Es wäre unhöflich gewesen, ihn zu bitten, das Haus zu verlassen. Schließlich war es auch sein Haus, und plötzlich begriff sie, wie verworren die Situation war.

Sie brachte es nicht übers Herz, ihn wegzuschicken, und bot ihm an, im Gästezimmer zu übernachten. Meghan übernachtete auf dem Sofa, da das Schlafzimmer noch immer im Chaos versank.

Luis beherrschte ihre Träume und raubte ihr den Schlaf. Es war erst kurz nach sechs Uhr, als Meghan gerädert in die Küche tapste, um sich Kaffee zu holen. In Gedanken versunken nippte sie an ihrer Tasse und starrte ins Leere. Sie schreckte hoch, als sie vernahm, wie die Haustür ins Schloss fiel. Er war fort! Ohne Abschied hatte er das Haus verlassen. Sie spürte, wie die Wut in ihr hochkroch auf ihn und ihre Gedanken und Hoffnungen.

Nach einem langen Spaziergang mit Snoopy arbeitete sie wie eine Besessene weiter. Sie kam gut voran und am späten Nachmittag erstrahlte das ehemalige Schlafzimmer in neuem Glanz. Sie beschloss, die Renovierung zu erweitern, und strich danach das Gästezimmer, das in Zukunft ihr Schlafzimmer sein würde. Der Brombeerton passte hervorragend zu dem großen Bett, das sie hier platzieren würde.

Drei weitere Tage vergingen und Meghan arbeitete sich Zimmer für Zimmer durch das Haus. Unermüdlich mischte sie frühmorgens Farbe, um das Haus optisch zu verändern. Während der ganzen Zeit campierte sie im Wohnzimmer auf dem Sofa.

Meghan näherte sich gerade dem Haus, als sie bemerkte, dass zwei Männer etwas aus einem Lkw ausluden. Sie joggte den Rest des Weges. Die neuen Möbel waren da! Meghan beeilte sich, den Möbelpackern die Tür zu öffnen. Kurzfristig hatte sie sich entschlossen, nicht nur das Bett zu erneuern. Sie kaufte noch ein paar Schränke und einiges mehr. Sie war wie im Kaufrausch gewesen, als sie das Möbelhaus besuchte. Die alten Möbel hatte der Gärtner, der praktischerweise auch mit Werkzeug gut umgehen konnte, zerlegt und in die Garage getragen.

Endlich verstummte das Klopfen! Sie hatte die letzten Tage hart gearbeitet und das Ergebnis konnte sich sehen lassen. Nur die Küche hatte sich nicht verändert. Der Rest des Hauses erstrahlte in neuem Glanz. Erfolgreich hatte sie zumindest optisch einen Neuanfang geschaffen.

Kapitel 16

Was hatte er sich nur dabei gedacht? Fluchtartig verließ er das Haus. Wie schön sie war! Selbst mit Farbe beschmiert kannte er keine Frau, die hübscher und verführerischer war als sie. Er war ein Idiot gewesen, dass alles aufs Spiel zu setzen. Nachdem er eine Weile ziellos herumgefahren war, kehrte er zum Hotel zurück. Dort lief er durch die Straßen und versuchte sich zu beruhigen. Nach dem Schlamassel in der Firma hatte er sich ein paar Tage freigenommen. Er brauchte Abstand, um nachzudenken. Er hatte es geschafft und seine Unschuld bewiesen. Die Schuldigen würden ihre Strafe bekommen. Nathan hatte einmal mehr seine Freundschaft zu ihm unter Beweis gestellt und Luis stand für immer in seiner Schuld.

Trotzdem hatte sich etwas verändert. Es war zu viel passiert und vielleicht war es jetzt an der Zeit, ein neues Kapitel aufzuschlagen. Das Hotel lag ungefähr dreißig Meilen entfernt von Westside. Unter normalen Umständen hätte er keinen Fuß hier reingesetzt. Doch für seine Zwecke war es ausreichend. Seine Gedanken wanderten wieder zu Meghan. Er lachte kurz auf, als er daran dachte, wie sie bäuchlings in der Farbe lag. Er wollte sie zurück! Seine Miene verfinsterte sich, als er die Nacht dachte, die sein Leben veränderte. Es war ein Schock für ihn gewesen, als er sah, wie dieser Mann aus ihrem Zimmer kam. Hatte er gegen ihn eine Chance? Es war naiv zu glauben, dass Meghan ihn noch liebte. Er schüttelte den Kopf. Es war einer der Augenblicke, in denen er noch vor geraumer Zeit zur Flasche gegriffen hätte. Doch das war vorbei!

Der Alkohol vernebelte seinen Verstand und den und viel Glück würde er brauchen, wenn er sie wieder für sich gewinnen wollte. Entschlossen griff er zu seinem Telefon. Luis wählte ihre Nummer, legte aber gleich wieder auf. Er fühlte sich wie ein Teenager, der keinen Plan hatte. Er schloss aus ihrem Verhalten an diesem Abend, dass sie von Eve wusste. Sue, diese Klatschtante, hatte es ihr sicher erzählt, und damit lagen seine Chancen bei null.

Luis kehrte in das Hotel zurück. Er durfte nichts überstürzen und dennoch brachte ihn die Sehnsucht fast um den Verstand.

Sein Handy surrte. Widerwillig nahm er ab. Es war der Gärtner. Er zog die Augenbrauen hoch. Joey erzählte ihm in seinem Spanisch-Englisch-Mix, dass er alle Arbeiten erledigt habe, und erkundigte sich, ob er die Möbel in der Garage entsorgen solle. Weiter berichtete er, dass er immer zuverlässig gewesen sei und traurig sei, wenn man auf seine Dienste in Zukunft verzichten würde.

Luis spürte, wie sich Joey in Rage redete. Er versuchte, ihn zu beruhigen, und versicherte ihm, dass niemand ihm seinen Job wegnehmen würde. Was hatte Meghan getan? Ihr Gärtner war so außer sich, dass Luis ihm nicht entlocken konnte, woher er diese Information hatte. Aber das Telefonat hatte ihm ein Alibi geliefert, um nach Westside zu fahren.

Etwa eine Stunde später stand er in der Garage und staunte. Meghan hatte so einiges entsorgt. Es verletzte ihn, dass sich darunter Möbelstücke befanden, die sie gemeinsam hergestellt hatten. Er strich über die Tischplatte, die seitlich an der Wand lehnte. Hatte sie endgültig einen Schlussstrich gezogen? Er musste dem Ganzen auf den Grund gehen. Entschlossen verriegelte er das Garagentor und hörte, wie Snoopy bellte und winselnde Töne von sich gab.

Nur wenige Sekunden später öffnete sich die Tür. Ihre Begrüßung wirkte sehr unterkühlt und er fühlte sich äußerst unwohl in seiner Haut. Trotzdem folgte er ihr und staunte ein weiteres Mal. Meghan hatte ganze Arbeit geleistet. Das Haus wirkte fremd auf ihn. Nichts war wie vorher. Lediglich das Sofa erkannte er wieder. Er musste gestehen, dass die Räume jetzt viel gemütlicher wirkten, auch wenn nicht alles seinem Geschmack entsprach. Er streichelte Snoopy, die einen Freudentanz um ihn herum aufführte.

Meghan bot ihm Kaffee an, den er erleichtert annahm. Zögernd folgte er ihr in die Küche. Plötzlich fühlte er sich wie ein Fremder in diesem Haus. Erleichtert stellte er fest, dass die Küche nicht neu war, und die winzige Hoffnung keimte in ihm auf, dass Meghan sie behalten hatte, um sich an ihre gemeinsame Zeit zu erinnern. Luis entdeckte Meghan in der Küche. Er stand hinter ihr, als sie sich intuitiv umdrehte. Er konnte spüren, wie sich ihr Brustkorb hob und senkte. Er sehnte sich nach ihr! Seine Blicke wanderten wieder zu ihrem Gesicht. Er sah, wie die Kälte aus ihren Augen wich. Es war um ihn geschehen. Er zog sie an sich und küsste sie. Vergessen war der Kaffee. Sein Herz jubelte, als er spürte, wie sie sich an ihn presste und seine Küsse erwiderte. Die Emotionen brachen aus ihnen heraus.

Erst im Morgengrauen verließ Luis das Haus in der Wilson Road, um wenige Stunden später für immer zurückzukehren.

Gemeinsam schlugen sie ein neues Kapitel in ihrem Leben auf. Die Scotts und Eves dieser Welt würden ihnen nichts mehr anhaben können. Sie gehörten zusammen – bis der Tod sie scheiden würde.